HÉSIODE ÉDITIONS

LAURE CONAN

L'Oublié

Hésiode éditions

© Hésiode éditions.

1 rue Honoré - 93500 Pantin.
ISBN 978-2-38512-086-3
Dépôt légal : Novembre 2022

Impression Books on Demand GmbH

In de Tarpen 42
22848 Norderstedt, Allemagne

L'Oublié

I

VILLE-MARIE n'était encore qu'un champ de bataille bien souvent ensanglanté, mais la sainte colonie, comme l'appelle LeClercq, était définitivement sortie du fort.

Sur la Pointe-à-Callières, à travers des champs cultivés, on apercevait une trentaine de petites maisons solides, à toit pointu, protégées par des redoutes.

Deux de ces redoutes attenaient à l'hôpital bâti sur le coteau et environné d'une haute palissade. L'asile des blessés disparaissait presque entièrement derrière ces grands pieux sinistres ; on n'en voyait guère que le toit surmonté d'un svelte clocher où l'on sonnait le tocsin à chaque attaque des Iroquois.

Ce jour-là, il n'y en avait pas eu, mais la besogne administrative avait été lourde.

Un peu fatigué, M. de Maisonneuve avait ouvert sa fenêtre et jouissait de la fraîcheur du soir, en causant avec son secrétaire, M. de Brigeac.

Derrière la montagne, le soleil couchant lançait ses derniers feux. Une splendeur enflammée flottait sur l'île royale encore presque toute couverte de broussailles ou de grands bois : et, au large, la Notre-Dame se balançait comme perdue sur les flots éclatants et déserts. Mais Maisonneuve n'aimait à regarder que les petits champs des colons et leurs maisons humbles et frustes.

Ces nids de soldats si chétifs devant la majesté des solitudes avaient à ses yeux une grandeur, une beauté sacrée. C'étaient les assises de l'œuvre à laquelle il avait tout immolé, les commencements de cette puissante ville qu'il était venu fonder, au milieu de tant de périls, en l'honneur de la Vierge.

La chaleur avait été accablante, mais un vent frais s'était levé. Ce vent qui faisait chanter la forêt verte, faisait, aux alentours du fort, onduler les blés, lesquels avaient poussé admirablement.

« Pourvu que ces diables d'Iroquois ne réussissent pas à brûler nos récoltes, dit tout à coup Maisonneuve : rien n'abat des hommes comme d'être ainsi atteints dans leur travail. »

Le secrétaire, en train de fourbir ses armes, avait planté sur le rebord de la fenêtre un poignard couvert de taches roussâtres, et frottait vigoureusement. Il répondit sans relever la tête :

« Mais, monsieur, ce n'est pas étonnant. Quand on a risqué tant de fois sa chevelure pour ensemencer son champ, il est triste de ne récolter que des cendres. »

– C'est vrai. Pourtant il y a des cendres qui communiquent le feu de la vie à la terre qui les reçoit, répliqua tranquillement Maisonneuve. Voyez-vous, il faudrait savoir donner ses sueurs comme on donne son sang. Nul de nous n'est ici pour faire fortune.

– Non, Dieu merci ! dit vivement Brigeac, relevant sa tête brune. Ce n'est pas la cupidité qui nous a amenés à Montréal. Nous autres, nous ne courons ni après l'or, ni après les belles fourrures.

– Ah ! s'il ne fallait que du désintéressement, s'écria Maisonneuve ; mais il nous faudra une constance bien obstinée. Les premiers pas de la civilisation sont ici prodigieusement difficiles. Je le crains, il s'écoulera encore bien du temps avant que nous ayons un peu de repos, un peu de sécurité.

Brigeac le regarda longuement sans rien dire.

Séduit par la beauté de l'entreprise, il avait beaucoup sacrifié pour venir partager les labeurs et les dangers des colons de Ville-Marie. Nouvellement arrivé, il s'était déjà signalé par son courage ; mais l'établissement lui semblait voué à la destruction.

Maisonneuve lut sa pensée dans son regard, et sa physionomie volontiers concentrée et réfléchie s'anima.

— Vous croyez que nous ne pourrons tenir toujours contre des ennemis si rusés, si acharnés. Vous nous plaignez, dit-il, étendant la main vers la lisière des bois où l'on apercevait les défricheurs à l'ouvrage.

— Vous plaindre ! s'exclama le jeune homme dont les yeux brillèrent. Non, monsieur, je ne vous plains pas,… et que Notre-Dame nous protège et nous donne la victoire.

— La victoire !… nous l'aurons, répliqua Maisonneuve avec une mâle assurance ; mais, par exemple, il n'est pas dit que nous ne perdrons pas de soldats. On nous fait la guerre la plus horrible peut-être qu'on vit jamais. Le danger est partout… vous et moi, nous périrons peut-être ; mais soyez tranquille, mon cher, l'œuvre vivra, car la fondation de Ville-Marie est un dessein venu du ciel.

— C'est doux à penser.

— Et facile à croire. L'île de Montréal appartient à la sainte Vierge. Vous savez, n'est-ce pas, qu'elle lui a été donnée solennellement… irrévocablement… Marie est notre Reine… et je voudrais voir sa statue briller dans les airs, au sommet de la montagne. C'est mon désir, c'est mon rêve,… poursuivit-il, avec une émotion soudaine et profonde. Ah ! si je pouvais ! Tout notre espoir est en Elle, la Toute-Puissante… la Fidèle… l'Incomparable… la Radieuse…

Le chevalier sans peur de la Vierge était devenu tendre, éloquent, et son jeune secrétaire l'écoutait, charmé.

– Vous avez reçu bien des preuves de sa protection ? demanda-t-il.

Le visage de l'idéaliste et héroïque fondateur s'éclaira d'un sourire très doux.

– Il me serait aussi facile de compter les feuilles que le printemps a fait sortir de ces bois, dit-il, indiquant du regard la forêt. Mais vous le savez, la peine, c'est la pierre angulaire… Aussi les épreuves en tout genre ne nous ont pas manqué, – et qui sait ce que l'avenir nous garde ? – nous sommes les soldats de la Reine du ciel, mais nous ignorons comment notre solde nous sera payée de ce côté de la tombe.

Les deux hommes échangèrent un sourire et restèrent silencieux, regardant devant eux, comme s'ils interrogeaient l'avenir.

Faut-il dire ce qui les attendait ? quelle héroïque patience ils surent déployer, l'un contre la savante cruauté indienne, l'autre contre l'injustice et l'envie triomphantes ?

« Être homme, dure condition, fit Brigeac qui avait pris la peau de chamois et la passait et repassait sur son poignard. Mais j'ai lu quelque part qu'il vaudrait mieux brûler cent ans dans une fournaise que d'être privé de la moindre souffrance que Dieu veut nous donner.

– Celui qui a écrit cela était un éclairé, répondit Maisonneuve riant ; mais, parfois, je voudrais bien que les villes se bâtissent encore aux accords de la lyre.

Il s'était levé et sa main bronzée effleurait les cordes d'un luth.

Au milieu de la sauvage solitude, dans cette chambre où des armes de toute sorte brillaient sur les murs, ces sons mélodieux avaient un charme étrange ; et, artiste par certains côtés de l'âme, Maisonneuve demandait souvent à son luth un adoucissement à ses soucis.

Ce soir-là, il n'y était pas disposé et, les bras croisés, il resta debout devant la fenêtre à regarder la forêt tranquille que le soleil couchant dorait radieusement. Ses souvenirs soudainement éveillés le reportaient vers les années lointaines. Il remontait ces sentiers du passé où, comme tous les hommes, il avait laissé bien des illusions, bien des rêves, et la tristesse le gagnait.

« Il y avait longtemps, dit-il, reprenant sa place, que je désirais me retirer du monde, sans pourtant abandonner la profession des armes. Aussi je fus ravi quand M. de la Dauversière me parla de cette ville qu'on voulait fonder en l'honneur de la Mère de Dieu.

— Et vous n'avez pas hésité à tout quitter pour prendre la responsabilité et la direction de cette œuvre obscure, pleine de dangers ? dit Brigeac, regardant son chef avec admiration. Vous êtes pourtant le seul héritier d'une famille ancienne et noble,… vous aviez devant vous un bel avenir.

Un sourire effleura la bouche ferme et sérieuse de Maisonneuve.

— L'une de mes sœurs est religieuse, dit-il. Vous ne vous étonneriez pas de me voir ici, si vous l'aviez entendue m'exhorter à tout sacrifier, à tout mépriser pour travailler à la fondation de cette ville dont on attendait des merveilles… qui devait être comme un rempart pour la Nouvelle-France. Le saint M. Olier avait le premier conçu ce projet hardi… On disait tout bas que l'ordre de fonder une ville à Montréal, en l'honneur de la Vierge, lui était venu du ciel… Ce que je puis affirmer, c'est que M. Olier et M. de la Dauversière avaient de l'île de Montréal une connaissance plus exacte que je n'en ai encore à l'heure qu'il est.

– C'est bien merveilleux, murmura M. de Brigeac.

– Oui, cela me semble naturellement inexplicable. Mais il y eut d'autres preuves de la volonté divine. Aussi ma sœur Louise de Sainte-Marie donnait dans les étoiles à la pensée que l'un des siens allait travailler à une telle œuvre… Elle et quelques autres enthousiastes de sa communauté voulaient absolument venir à Montréal. Pour me délivrer de leurs instances, je fus obligé de promettre que je les emmènerais plus tard, et je dus accepter ce gage, dit M. de Maisonneuve, passant à son secrétaire une miniature de la Vierge qu'il avait tirée de son portefeuille.

C'était l'un de ces chefs-d'œuvre de grâce et de délicatesse, comme on en voit dans les vieux missels. Autour il y avait écrit en lettres d'or :

Sainte Mère de Dieu, pure, au cœur loyal,
Gardez-nous une place en votre Montréal.

– C'est sœur Louise qui a rimé cette prière, dit Maisonneuve, riant. Ah ! les femmes comme elles font fi des difficultés… Mais, à Québec, ce fut bien différent. Sans exagération, notre arrivée fit scandale. On n'appelait pas la fondation de Ville-Marie autrement que la Folle Entreprise. On disait qu'aller se fixer dans un lieu si terriblement exposé, c'était tenter Dieu. On nous reprochait de sacrifier inutilement beaucoup d'argent et bien des hommes. On nous voyait tous massacrés ou – ce qui est bien autrement redoutable – prisonniers des Iroquois, ces démons incarnés. Cependant il y a treize ans que nous sommes ici ; et, je ne crois pas du tout exagérer en disant que si nous n'y étions pas, il n'y aurait plus d'établissements français dans le Canada.

– Ce serait bien humiliant pour nous, dit le secrétaire, qui avait écouté avec une attention extrême. Les colonies anglaises sont si prospères.

— Oui. Mais les puritains traitent les Indiens comme des bêtes fauves. Il ne faut pas que la civilisation leur apparaisse comme une force brutale. Nous autres, nous subissons la guerre, mais nous voulons la paix… Nous voudrions ne former avec ces malheureux qu'une seule famille ; nous voudrions leur donner la civilisation… la foi… tous les biens.

— Comme c'est bien de la France généreuse, fraternelle, dit Claude de Brigeac avec émotion. Quoi qu'il arrive, non jamais je ne regretterai d'être venu à Montréal. Je ne sais si les autres sont comme moi, mais je m'y sens sur la plus haute cime humaine.

— Et il fait bon de respirer un air que ne souillent, ni l'envie, ni la cupidité, ni l'hypocrisie. Seulement, dans les grandes choses, avant l'effort qui réussit, il y a presque toujours des efforts qui passent inaperçus.

— Mais qu'importe ? qu'est-ce que le succès ? s'écria impétueusement le jeune homme. Il n'y a de réel que ce qui est grand… que ce qui est beau.

— Vous dites bien, monsieur de Brigeac. Laissez-moi ajouter : Il n'y a de vraiment grand, de vraiment beau que ce qui est fait pour Dieu seul… Et, sous ce rapport, nous sommes dans une situation très heureuse, très favorable… Depuis treize ans, il se fait à Ville-Marie des prodiges de vaillance, mais qui le sait ?… quelle gloire nous en revient-il devant les hommes ?… Si ce rameau de France planté au milieu de dangers si terribles venait à disparaître, est-ce que, dans le monde, cela ne ferait pas à peu près le même bruit qu'une branche qui tombe dans un ruisseau ignoré ?

Et comme Claude de Brigeac le regardait sans rien dire, il poursuivit :

— N'allez pas croire que je le regrette ! Si vous saviez comme je vois le monde dans le lointain… Si vous saviez comme il me semble petit…

Ici, les sentiments, les intérêts misérables ne tiennent pas. Chose presque incroyable, vraiment admirable, nos hommes ont passé des années réunis dans le fort ; et, dans ce frottement de tous les jours, de tous les instants, il ne s'est pas élevé entre eux une seule dispute.

– C'est que nous sommes à Ville-Marie pour nous dévouer, pour nous sacrifier, pour braver le danger, pour mépriser la mort, s'écria Claude de Brigeac rayonnant d'ardeur. Et c'est si beau quand on y songe !

– Oui, c'est beau à penser ; mais, à la longue, c'est dur à faire. Vous l'éprouverez, l'effort sans cesse renouvelé coûte à la nature humaine.

La cloche du fort retentit tout à coup ; et ce son éclatant fit relever la tête aux défricheurs qui travaillaient à l'entrée du bois. Obéissant au signal, ils abandonnèrent leur rude labeur, ramassèrent les pioches, les haches, prirent leurs mousquets couchés dans l'herbe et se réunirent ; car pour aller au travail ou pour en revenir, il était ordonné aux colons soldats de marcher ensemble, toujours armés.

Maisonneuve suivait attentivement les mouvements de ses hommes, quand son secrétaire lui fit remarquer un canot qu'on apercevait sur le fleuve, se dirigeant droit vers le fort.

Le gouverneur saisit sa longue vue. Après un examen rapide, il dit joyeusement :

« L'échange que j'ai fait proposer est accepté. Ce sont des Iroquois, et il y a une tête blonde dans le canot. Ce doit être cette pauvre petite Mlle Moyen qui nous arrive. »

Et il passa la longue-vue à son secrétaire.

En apercevant la jeune fille enlevée quelques semaines auparavant dans des circonstances si tragiques, Claude de Brigeac sentit son cœur battre plus fort et, s'excusant auprès de son chef, il bondit vers la grève où quelques Français couraient déjà.

II

M. de Maisonneuve ne s'était pas trompé. Les Iroquois ramenaient Élisabeth Moyen.

Assise au milieu du canot, entre les sauvages qui se courbaient sur les rames, elle agitait une légère perche au bout de laquelle flottait un chiffon blanc. Elle était coiffée de feuillage, ses longs cheveux flottaient au vent. La joie rayonnait sur son visage ravagé par les moustiques ; et toute baignée de larmes heureuses, elle envoyait mille saluts, mille tendresses à ses compatriotes inconnus.

Le canot semblait voler sur les eaux qui se teignaient de rose ; il traversa, sans presque dévier, le grand courant et fut bientôt parmi les joncs et les glaïeuls qui abondaient au bord du fleuve.

Toutes les mains se tendirent vers la jeune fille ; mais un geste du capitaine du canot arrêta son élan.

L'Iroquois s'était levé, effrayant et superbe. Appuyé sur son aviron, il promena sur les Français son regard flamboyant, et dit avec une politesse étrange et hautaine :

– L'une de nos capitainesses avait adopté la jeune captive : elle en aurait fait la femme d'un grand chef. Mais pour faire plaisir à nos frères de Tiotiaki, nous avons ramené la Fleur couverte de rosée.

– C'est bien, répondit l'interprète Charles Lemoine, en mauvais iroquois. Pour faire plaisir à nos frères les Agniers nous allons leur rendre La

Plume, leur vaillant chef.

Pendant ce temps, sur l'ordre de Maisonneuve, on tirait l'Iroquois de la prison du fort.

Un sourire de mépris plissa ses lèvres, lorsqu'il apprit qu'il était échangé contre la jeune Française.

– Les Visages-Pâles n'ont point d'esprit, dit-il : jamais une femme n'a valu un guerrier.

Encore que, pour un sauvage, la prison soit pire que la mort, aucune émotion ne parut sur son visage pendant qu'on lui ôtait ses fers. Mais à peine eut-il recouvré la liberté de ses mouvements qu'il s'élança avec la merveilleuse légèreté qui lui avait valu son nom.

Impassibles comme des statues, les Iroquois l'attendaient, l'aviron à la main : et le canot se perdit bientôt dans la brume dorée du soir.

III

Ceux qui étaient, cette nuit-là, de garde autour des habitations, avaient reçu les instructions de M. de Maisonneuve.

– Maintenant, dit le noble chef, vive Notre-Dame ! c'est le mot d'ordre pour cette nuit. Priez-la, mes braves. Nous sommes ici pour sa gloire et dans la multitude des voix qui crient vers elle, nous pouvons espérer qu'elle distingue les nôtres.

En dehors, de joyeuses clameurs retentissaient.

Soudain la porte extérieure s'ouvrit toute grande, et Claude de Brigeac parut radieux, glorieux, donnant la main à la jeune fille, à qui un groupe de Français faisait une sorte de triomphe.

Elle entra aussi timide, aussi craintive qu'une colombe tombée dans un nid d'aigles. Vis-à-vis de la porte, sur la cheminée, il y avait une statue de Marie, et cette vue apporta à la pauvre enfant une émotion nouvelle.

Comme si elle eût aperçu la Vierge elle-même, elle tomba à genoux et un flot de larmes jaillit de son cœur.

Elle avait vu massacrer ses parents, tout ce qu'elle possédait disparaître dans les flammes ; il ne lui restait plus sur terre que la protection de ces généreux inconnus qui l'avaient rachetée, et pourtant, ce qui dominait en son cœur à ce moment, c'était une reconnaissance inexprimable, le sentiment profond d'une protection maternelle et puissante.

Maisonneuve et ses hommes la regardaient silencieux, attendris.

Elle avait jeté son chapeau de feuillage, mais des brindilles de jonc et quelques feuilles sèches étaient restées dans ses longs cheveux emmêlés. C'est à peine si elle semblait avoir quinze ans. Son cou, son visage et ses mains avaient été si cruellement ravagés par les moustiques, que personne n'aurait pu dire si elle était jolie. Mais, lorsqu'elle se leva et remercia M. de Maisonneuve, chacun fut charmé de sa grâce modeste.

Son regard qui rayonnait de joie, de tranquille innocence, et ses paroles simples et vraies émurent tous les cœurs.

– Mon enfant, répondit le noble Maisonneuve, vous avez des droits sacrés à notre protection et, au besoin, nous mourrions tous pour vous défendre. Mais, sans la capture du chef iroquois, je n'aurais pu vous racheter, malgré toute ma bonne volonté. Il y a ici quelqu'un qui a plus de droits que moi à vos remerciements.

Maisonneuve avait pris le bras d'un homme au regard d'aigle, à la chevelure un peu fauve, à la taille droite, élancée, vigoureuse.

– M. Closse, dit-il, présentant le héros de Ville-Marie à la jeune fille. C'est lui qui a fait l'Iroquois prisonnier et, dans la lutte, il a été bien près de perdre sa chevelure.

Une bandelette de toile souillée de taches roussâtres, encore collée sur le front de Lambert Closse, à la naissance de sa forte chevelure, attestait que le danger avait été bien grand. Mais Élisabeth Moyen n'essaya pas de remercier son libérateur qui l'avait tranquillement saluée. Elle était trop émue pour pouvoir parler ; mais ses yeux fixés sur ceux de son libérateur disaient mieux qu'aucune parole sa reconnaissance, et la tendre pitié mêlée d'horreur qui l'avait saisie.

– Ce n'est rien, dit Lambert Closse, portant la main à son front avec une mâle insouciance. Ne pensez pas à cela, mademoiselle... il n'y paraîtra guère dans quelques jours ; pourtant l'Iroquois s'est cru bien sûr de son fait.

Il riait ; ses compagnons riaient aussi, mais les larmes roulaient brûlantes sur le visage de la jeune fille.

Dans son admiration, dans sa muette reconnaissance, il y avait quelque chose d'intense, d'infiniment sincère qui charmait et gênait le héros ; mais, dominant cette impression, il dit noblement :

– Vive Notre-Dame ! Nous l'avons bien priée pour vous, mademoiselle. C'est elle qui vous a ramenée.

« Vive Notre-Dame ! » répétèrent les hommes.

Une femme vêtue en religieuse et de la plus agréable physionomie entrait en ce moment.

— Voici la Sœur Marguerite Bourgeois, dit Maisonneuve à Mlle Moyen.

La grande servante de Dieu embrassa joyeusement l'orpheline, et lui dit avec compassion :

— Mais, ma pauvre petite, vous devez être morte de fatigue et de faim. Est-ce que je l'emmène ? continua-t-elle, interrogeant Maisonneuve du regard.

— Pardon, sœur Marguerite, je crois que cette enfant sera mieux à l'hôpital qu'au fort, répondit le chef.

Ceux qui devaient monter la garde s'étaient retirés. Il ne restait plus dans la salle que Claude de Brigeac et Lambert Closse.

— Voulez-vous conduire Mlle Moyen à l'hôpital, et dire à Mlle Mance que je la lui confie ? demanda le gouverneur à ce dernier.

Et, souriant à la jeune fille qui avait appuyé sa tête fatiguée contre l'épaule de Marguerite Bourgeois :

— Vous savez, n'est-ce pas, dit-il, que Montréal a deux anges ?

Il était toujours défendu de sortir sans armes ; mais, ce soir-là, Lambert Closse examina l'amorce de ses pistolets avec une attention plus qu'ordinaire.

— Qui sait si La Plume ne va pas tomber du faîte de quelque arbre, murmura-t-il à l'oreille de Brigeac.

Mlle Moyen prit congé avec de grandes révérences et, sous la garde du major Closse, quitta le fort.

Sur le fleuve une bande violette fermait déjà l'horizon, mais une faible clarté flottait encore sur la montagne. Du fort à l'hôpital, il n'y avait guère que huit arpents et un grand calme régnait partout à Ville-Marie.

Portes et fenêtres étaient closes ; mais la flamme de l'âtre brillait à l'intérieur et la fumée de ces rudes foyers montait belle et douce dans l'absolue pureté de l'atmosphère.

Le major donnait la main à la jeune fille et marchait silencieux, attentif. Des rumeurs vagues, profondes, d'âpres et sauvages senteurs leur arrivaient de la forêt.

Élisabeth ne sentait plus sa lassitude.

Il lui semblait que l'herbe l'aurait portée… il lui semblait qu'elle aurait marché sans crainte, sans fatigue, jusqu'au bout du monde, à côté de ce compagnon dont elle osait à peine regarder l'ombre, sur le bord du chemin.

Une joie étrange l'envahissait, la pénétrait, et comme pour exprimer cette joie divine qui débordait en larmes silencieuses, la voix du rossignol s'éleva tout à coup sous l'épaisse feuillée.

Ils avaient gravi le coteau ; ils étaient devant la palissade. Lambert Closse poussa la barrière ; ils traversèrent l'enclos, et le major frappa fortement à la porte toujours barricadée de l'hôpital.

Alors, regardant la jeune fille, il s'aperçut qu'elle pleurait.

– Pauvre enfant ! dit-il, avec la douceur pénétrante des forts, il faut avoir du courage. Puis, qui sait ce que l'avenir vous garde… j'ai vu de beaux jours qui avaient commencé par d'affreux orages.

Un guichet s'ouvrit à l'intérieur.

— Ah ! c'est vous, major ? dit une voix douce. Est-ce un blessé que vous nous amenez ?

— Je vous amène une orpheline dont vous allez devenir la mère, répondit sobrement Lambert Closse.

On souleva des barres de fer : la porte s'ouvrit toute grande et une femme à l'air noble s'avança souriante, un peu émue.

C'était l'héroïne de Ville-Marie, cette admirable Jeanne Mance, que M. Olier voyait en esprit environnée de la lumière divine comme d'un soleil.

IV

Élisabeth Moyen appartenait à une famille considérable. Son enlèvement avait consterné toute la colonie ; aussi la joie fut vive à l'hôpital ; et ce soir-là, tout en donnant aux blessés les soins ordinaires, Jeanne Mance pensa beaucoup à la frêle et touchante enfant que la Providence venait de jeter entre ses bras. Son cœur s'était ouvert à une tendresse inconnue et, rentrée dans sa chambre, elle resta quelques instants à regarder la cloison qui la séparait de l'orpheline.

Pauvre petite ! la Vierge l'a gardée, se disait-elle avec émotion. Elle dort sans doute profondément, ces voyages en canot sont si fatigants.

Mais dans son lit blanc et frais, Élisabeth Moyen ne dormait pas.

Un charme céleste l'enlevait au sentiment de la fatigue.

Tous les événements de sa courte vie passaient et repassaient devant ses yeux fermés ; mais une douceur merveilleuse se mêlait aux poignants souvenirs et ses larmes coulaient douces, intarissables. Sans ces bienheureuses larmes, il lui semblait que la joie l'aurait tuée.

Le nom de Lambert Closse était célèbre dans la Nouvelle-France. Maintes fois, Élisabeth avait entendu parler de ce brave entre les braves et elle trouvait un bonheur étrange à revivre les quelques minutes qu'elle avait passées seule avec lui. Il lui semblait sentir toujours le contact de cette virile main qui s'était refermée sur la sienne, et à la pensée que le héros avait failli être scalpé pour elle, tout son cœur se fondait d'attendrissement et de délices.

Elle souffrait cruellement de n'avoir pas su le remercier.

Pendant qu'ils marchaient ensemble, qu'ils attendaient à la porte de l'hôpital, alors qu'elle était seule avec lui, c'était si facile !...

Comme il l'avait doucement plainte ! Il lui semblait sentir encore son regard – et dans ce regard qui devenait si terrible, disait-on, elle avait vu une compassion si tendre... Qu'avait-il pensé en voyant qu'elle ne trouvait pas un mot pour lui dire sa reconnaissance ?... L'avait-il crue ingrate ?... l'avait-il crue sotte ?

La nuit se passa dans ces agitations et ces douceurs étranges.

Un profond silence régnait dans l'hôpital. Mais quelques gémissements, de longs soupirs arrivaient parfois jusqu'à la jeune fille. Alors elle ne tardait pas à entendre Mlle Mance se lever doucement ; elle la suivait de la pensée dans la salle des malades entrevue la veille. Il lui semblait entendre sa douce voix, sentir encore le contact de ses doigts fins et purs pendant qu'elle lavait son visage endolori.

Élisabeth s'endormit vers l'aube ; quand elle s'éveilla, la matinée était fort avancée.

Comme si elle eût craint que sa délivrance ne fût qu'un songe, elle resta quelques instants sans ouvrir les yeux ; puis elle promena un long regard autour de la chambre. Entre les volets fermés quelques rayons de soleil passaient, rayant de bandes lumineuses les murs blanchis à la chaux.

Élisabeth joignit les mains avec extase et ses larmes recommencèrent à couler délicieuses, inépuisables.

Cette eau du cœur lui mettait dans les yeux des rayonnements, des éblouissements. La petite chambre, pauvre et nue, lui parut charmante, la haute palissade qui interceptait la vue, ne lui sembla point triste. Tout se revêtait à ses yeux d'une beauté étrange, d'un charme inconnu, et Mlle Mance qui entra doucement, la trouva rayonnante.

Comme la veille elle lava avec grand soin le visage de l'enfant.

– Que dites-vous de ce rideau ? demanda-t-elle gaiement, montrant la palissade… Vous ne trouvez pas ces grands pieux tristes ? Tant mieux !… quand vous voudrez regarder ce pays vert… voir un peu ce qui se passe à la Pointe, vous monterez au grenier.

Elle la fit passer dans sa chambre où un réconfortant déjeuner l'attendait. Élisabeth y fit honneur ; mais deux portraits suspendus au mur attiraient souvent son attention. L'un représentait un homme en robe rouge bordée d'hermine, l'autre, une femme élégante et frêle.

« Mon père et ma mère morts depuis longtemps déjà, » dit Jeanne Mance.

Elle avait pris du vieux linge dans un chiffonnier à nombreux tiroirs, et ses mains délicates, durcies aux rudes travaux, préparaient de la charpie.

Des années auparavant, quand cette prédestinée aux héroïques sacrifices, secrètement attirée vers le Canada, avait quitté sa ville de Nogent pour venir partager les misères et les périls des colons de Montréal, on avait cru qu'elle allait à Paris faire admirer sa beauté. Cette beauté s'était bien altérée ; mais malgré les humbles besognes, les manières de l'héroïne étaient restées nobles et gracieuses.

Le repas terminé, elle mit sa charpie de côté, fit asseoir Élisabeth sur un escabeau à ses pieds, et maternellement entreprit de démêler sa longue et épaisse chevelure.

Elle était à l'œuvre depuis quelque temps déjà quand des aboiements furieux et quelques coups de fusil tirés tout près lui firent tomber le peigne des mains.

Les détonations furent suivies de hurlements affreux ; et, saisie de frayeur, Élisabeth se jeta au cou de Mlle Mance.

« Ne craignez rien, dit tranquillement l'héroïne après avoir un peu écouté. Ceux qui sont de garde ont tiré sur des Iroquois cachés dans le voisinage. Voilà tout.

— Cela arrive-t-il souvent ? demanda l'enfant épouvantée.

— De temps à autre, répondit Jeanne Mance. C'est pourquoi il faudra être bien prudente. À Ville-Marie, une fois qu'on a franchi le seuil de sa porte, il n'y a plus de sécurité.

— Mon Dieu ! mon Dieu ! s'écria Élisabeth qui tremblait comme une feuille, et, ici, au moins sommes-nous en sûreté ?

— Oui, car la Vierge nous garde… et ceux qui nous défendent sont bien braves, ajouta Mlle Mance avec fierté. Les Iroquois ont dispersé trente mille Hurons, mais ils n'ont pu forcer ce poste défendu par une cinquantaine de Français… Ils ont toujours la fièvre du sang… la soif du carnage ; mais, maintenant, il y en a parmi eux qui disent : « N'allons plus à Montréal, ce sont des démons. »

Élisabeth la regardait, subitement calmée. Dans sa pensée, elle avait aperçu le brave des braves… elle le revoyait tranquille et fier tel qu'elle l'avait vu dans la salle du fort, et lorsqu'il marchait à côté d'elle dans le sentier que l'ombre commençait à envahir.

Toutes ses craintes s'étaient évanouies. Ah ! comme elle aurait voulu parler du héros de Ville-Marie dont on racontait tant de choses. Mais elle n'osa, et sur un signe de Mlle Mance, docilement reprit son siège.

« Soyez prudente, dit Jeanne Mance passant le peigne dans les cheveux qu'elle était parvenue à débrouiller ; soyez prudente, mais aussi soyez confiante, car la sainte Vierge nous garde… Je vous assure qu'elle l'a prouvé ; et, croyez-moi, si elle voulait abandonner ses colons de Ville-Marie, elle ne leur aurait pas envoyé Marguerite Bourgeois, créature céleste s'il y en eut jamais.

— Je l'ai vue hier au fort, dit la jeune fille.

— Elle y restera jusqu'à ce qu'elle puisse ouvrir une école. En attendant, elle soigne les malades, blanchit et raccommode les hardes de nos braves.

— C'est une grande consolation pour vous, Mademoiselle, de l'avoir ici.

— Oui, sa présence m'est une douceur et une force. Il lui en a beaucoup coûté pour suivre son attrait ou, pour mieux dire, sa vocation. Elle craignait l'illusion… Puis elle connaissait à peine M. de Maisonneuve, et s'effrayait à la pensée de s'en aller si loin avec lui. Mais son confesseur lui dit : « Le fondateur de Ville-Marie est le chevalier de la Reine du ciel… Mettez-vous sous sa conduite comme sous la garde d'un ange. »

– C'était bien dit. M. de Maisonneuve combat les ennemis de Dieu, comme les anges, et l'on dit qu'il fait de la bien belle musique, répliqua naïvement Élisabeth.

– Marguerite Bourgeois a bien aussi quelques traits de ressemblance avec les anges, dit gaiement Mlle Mance. Avant de s'embarquer pour le Canada, elle distribua aux pauvres tout ce qu'elle possédait. Je pensais, me disait-elle, que si cela était de Dieu, je n'avais que faire de rien porter pour le voyage ; et je partis, sans sou ni maille, n'ayant qu'un petit paquet que je pouvais porter sous le bras.

– Moi, je trouve ce que vous avez fait plus étonnant, plus terrible, dit l'enfant.

Mlle Mance sourit.

– Puisqu'on venait à Montréal pour faire la guerre aux Iroquois, qui sont les grands ennemis de la foi, il fallait bien une infirmière, dit-elle. Pas de guerre sans blessés, ma fille, et là où la femme n'est pas, le malade soupire.

– Mais c'est terrible de passer sa vie en crainte.

– Je tâche de faire comme M. de Maisonneuve, qui ne craint que Dieu… Puis, vous le savez, les fondateurs de Ville-Marie n'ont qu'un but, la gloire divine. On ne reçoit pas le baptême pour se tenir à l'écart des intérêts de Jésus-Christ… D'ailleurs, on ne choisit pas sa vocation… Je n'y pouvais rien. Toute mon âme s'en allait vers la Nouvelle-France. Je ne savais trop pourquoi, par exemple, je ne voyais pas ce que j'y pourrais faire… je le compris quand je rencontrai M. de la Dauversière à La Rochelle. Il m'était inconnu… lui, non plus, ne m'avait jamais vue ; mais, me saluant par mon nom, il me parla de cette ville qu'on voulait fonder… de la guerre qu'on aurait à soutenir contre les sauvages, et me demanda si je voulais me charger du soin des blessés. Ma vocation était trouvée, j'étais libre… mes parents n'étaient plus.

Élisabeth ne dit rien. Elle regardait les portraits qui l'intéressaient : elle pensa que cet homme et cette femme étaient morts entourés de tous les secours, de toutes les consolations… assistés par leur admirable fille ; et le souvenir de ses parents à elle… de leur terrible fin traversant tout à coup son âme, elle faillit éclater en sanglots.

Mlle Mance s'aperçut du grand effort qu'elle faisait pour se contenir, et cette exquise pudeur de la souffrance ajouta à l'intérêt que l'orpheline lui inspirait. Pour l'arracher à ces cruelles pensées, elle reprit vivement :

– Qu'est-ce que le bon Dieu ne peut pas adoucir ? Pendant que je me préparais à tout quitter, j'étais si contente que je n'y comprenais rien. Je n'avais qu'un chagrin… la pensée qu'il n'y aurait pas d'autre femme que moi à Montréal… Mais deux des ouvriers engagés pour Ville-Marie refusèrent de partir si on ne leur permettait pas d'emmener leurs femmes ; et, au dernier moment, Geneviève, que vous avez vue hier, se jeta de force dans le vaisseau. Elle m'a été une auxiliaire précieuse.

– Et vous, Mademoiselle, on dit que vous avez été un ange visible pour les colons.

– J'ai tâché d'adoucir leurs souffrances… leurs héroïques misères… j'ai tâché de remplir mon rôle de femme. Mais n'est-ce pas étrange de me voir ici ?… Tous ces héros sont un peu enfants avec moi… ils m'obéissent tous, ajouta-t-elle, riant.

Elle n'exagérait pas, l'intrépide et l'infatigable ! Son abnégation lui avait acquis un grand empire sur les cœurs. Elle poursuivit :

– La fondation de Ville-Marie était jugée un projet impossible. À Québec, on voulait nous forcer de nous établir à l'île d'Orléans. Mais, à toutes les raisons, M. de Maisonneuve répondit : Je ne suis pas venu pour discuter, mais pour exécuter. Quand tous les arbres de l'île de Montréal se changeraient en Iroquois, il est de mon devoir et de mon honneur d'aller y établir une colonie.

– Et cela ne vous glaçait pas le sang dans les veines, de le suivre ?

– Le renom de cruauté des Iroquois n'était pas sans me donner des transes. Mais notre arrivée à Montréal fut si agréable. L'île nous apparut comme une sorte de paradis terrestre… Tout était si beau, si frais, si tranquille. La messe de ce matin-là nous a laissé à tous un souvenir inoubliable. Et Dieu voulut que les Iroquois fussent plus d'un an sans s'apercevoir de notre présence à Montréal. Cela nous donna le temps de nous bâtir… de nous fortifier… Avec les froids, nous nous attendions à voir apparaître le mal de terre ; mais personne ne fut malade. Cela ne s'était jamais vu dans les nouveaux établissements, et cette préservation nous semblait un encouragement d'en haut. Mais, vers Noël, notre foi fut mise à une rude épreuve. Le fleuve commença à déborder. Personne n'avait prévu ce péril lorsqu'on avait choisi l'emplacement du fort, et l'inquiétude devint bientôt extrême. Songez-y ! nous allions nous trouver sans abri en plein hiver ; les provisions, les munitions allaient être gâtées ; nous allions être à la merci d'ennemis plus féroces que les bêtes des bois… M. de Maisonneuve fit faire une croix, la planta lui-même à quelque distance de la rivière, s'engageant par vœu, si l'inondation s'arrêtait, à la porter jusqu'au sommet de la montagne. L'eau continua de monter. Le 24 décembre, elle dépassa la croix… Ah ! ma chère enfant, quelle veille de Noël !… Jamais je n'ai vu rien de triste comme notre souper ce soir-là… Personne ne parlait, sauf M. de Maisonneuve, qui disait de temps à autre : – Soyez tranquilles… la sainte Vierge éprouve notre confiance, mais elle ne peut pas nous abandonner. Il ne se trompait point : les vagues couvrirent les marches du perron, l'eau monta jusqu'à la porte, mais pas une goutte ne passa le seuil.

– M. de Maisonneuve porta la croix sur la montagne.

– Oui, après en avoir été fait chevalier… C'est un trajet d'une lieue ; mais on se mit aussitôt à ouvrir un chemin, et le jour des Rois, M. de Maisonneuve, chargé de sa lourde croix, gravit la montagne à travers les souches et la neige… Tous les colons suivaient et la croix fut plantée solennellement… Avant que les Iroquois nous eussent découverts, nous y allions souvent en pèlerinage.

– Quel dommage qu'ils n'aient pas été plus longtemps sans s'apercevoir de votre arrivée !

– Ma chère enfant, puisque Ville-Marie est fondée pour étendre le règne de Jésus-Christ, il faut qu'elle porte le signe de la Passion, il faut que tout y saigne, que tout y souffre. C'est au mois d'octobre 1644 que je m'installai à l'hôpital. Ah ! je me rappelle bien ce jour. On veut bien m'accorder du courage ; mais, ce soir-là, comme je me sentis seule et triste… Je me demandais lâchement : Pourquoi suis-je venue ici ? et, une fois dans ma chambre, je pleurai longtemps. Mais bientôt on m'apporta des blessés. Cette terrible guerre de surprises avait commencé… Me sentir utile à ces braves me rendit l'énergie, la gaieté. Le danger devint si grand que M. de Maisonneuve nous obligea tous à nous retirer au fort. Les Iroquois se cachaient partout, dans les grandes herbes… derrière les souches… dans les broussailles… Ils tombaient des arbres, agiles comme des chats sauvages. Nous aurions tous péri bien des fois, sans les chiens qui donnaient l'alarme.

– J'ai beaucoup entendu parler de Pilote, dit Élisabeth, dont un sourire éclaira pour la première fois le visage.

— Pilote mérite sa célébrité… elle éventait les plus fines ruses indiennes. Tous les jours, elle allait avec ses petits faire des rondes autour du fort et dans les bois… Sa constance, son instinct jetaient tout le monde dans l'étonnement. Nos hommes en raffolaient. Ils la disaient invulnérable. Les Iroquois lui ont envoyé bien des balles, mais sans jamais l'atteindre.

— Ils tirent pourtant très bien.

— Oui, mais pas comme plusieurs des nôtres… Avec son mousquet, Lambert Closse mouche une chandelle à plus de cent pas… sans jamais la briser.

En entendant ce nom Élisabeth avait rougi et pâli.

— Est-ce bien vrai que sa blessure n'est rien ? demanda-t-elle d'une voix mal assurée.

— Une simple entaille, dit le docteur Bouchard ; mais, à première vue, cela m'a paru terrible. Le pauvre major était tout en sang… Il me dit : Je vous assure que j'ai bien failli mériter le nom de Crâne sanglant.

— Comment a-t-il pu se dégager ? demanda Élisabeth toute frémissante.

— Comment ? Mais en serrant la gorge de l'Iroquois qui l'avait renversé… J'aurais bien voulu l'étrangler tout à fait, nous disait-il pendant le pansement ; mais, à ses bariolages et à ses plumeaux, j'avais reconnu un chef, et j'ai pensé à cette pauvre petite qu'il faut racheter si elle vit encore… Dans les plus grands périls, il garde tout son sang-froid, toute sa présence d'esprit.

— Je lui dois ma délivrance, dit Mlle Moyen, joignant les mains avec transport.

– Nous lui devons tous la vie… C'est le grand défenseur de Ville-Marie, répliqua paisiblement Jeanne Mance, qui avait fini sa tâche et promenait le peigne dans la splendide chevelure de la jeune fille.

– Avez-vous jamais vu un combat, Mademoiselle ? demanda Élisabeth, après l'avoir remerciée.

– Un combat ! Mais, chère enfant, nous sommes sur un champ de bataille. Il y a quatre ans, j'ai vu le major, avec un petit bataillon de treize hommes, défendre l'hôpital contre au moins deux cents Iroquois… depuis six heures du matin jusqu'à six heures du soir… Les sauvages l'appellent le Diable blanc, et vraiment son audace, son adresse à manier ses armes semblent surnaturelles. M. de Maisonneuve dit qu'il a l'élan, la première des qualités militaires.

– Il a aussi une grande bonté, dit Élisabeth, qui avait écouté avec un bonheur étrange.

– Oui, il est bon, dit Mlle Mance, sans remarquer l'effet que l'éloge de Lambert Closse produisait sur l'enfant. Comme tous les sauvages, les Iroquois emportent d'ordinaire leurs blessés et leurs morts, mais il arrive souvent qu'ils n'y peuvent suffire. Alors, au risque de sa vie, le major m'apporte ceux qui respirent encore…

– Les colons de Ville-Marie sont bien généreux, murmura la jeune fille.

– Oui, ce ne sont pas des chrétiens à fleur de peau… On veut faire revivre à Montréal la charité, la pureté de la primitive Église… L'on n'y songe qu'à faire des folies pour Dieu ; et lorsqu'on reproche au major de tant s'exposer, il répond : Je ne suis venu ici que pour combattre et mourir pour Dieu.

Élisabeth avait l'âme haute et noble. Malgré son extrême jeunesse, elle était capable d'apprécier cette parole. Mais sans qu'elle sût pourquoi, elle sentit sa joie se fondre subitement, lui laissant un froid douloureux autour du cœur.

V

Sur le doux visage d'Élisabeth, il n'y avait plus trace des piqûres des moustiques. La peau avait repris sa finesse, sa blancheur nacrée, et la robe noire que l'orpheline portait faisait ressortir sa fraîche pâleur. Si Élisabeth n'avait pas la beauté régulière, elle avait la grâce, le charme ; et la tristesse qui voilait les premiers rayonnements de sa jeunesse la rendait singulièrement intéressante.

– Il me semble que je l'aime chaque jour davantage, disait Mlle Mance à sa courageuse Geneviève.

– C'est comme moi, répondait la bonne fille. Elle est si seule au monde, la pauvre enfant, et la jeunesse c'est si beau… Puis cette petite a des yeux comme je les aime… des yeux de velours avec du feu au fond.

– Pourvu que vivre à Montréal ne l'effraye pas trop, murmura Mlle Mance. Pour une enfant de son âge, c'est une triste, une terrible vie.

C'était vrai. Pourtant la Notre-Dame appareilla pour Québec, et Mlle Moyen ne songea qu'à écrire à la mère de l'Incarnation.

Elle ne le fit pas sans verser des larmes. Peu de semaines s'étaient écoulées, depuis sa sortie des Ursulines ; mais il lui semblait que des années avaient passé sur sa tête. Le malheur l'avait soudainement mûrie, et sa lettre le prouvait.

« Très honorée mère, disait-elle, votre tristesse a été grande, j'en suis sûre, lorsque vous avez appris la terrible mort de mes parents. Ah ! chère mère, l'affreux souvenir ! et comment vous dire mon horreur, quand je me vis entraîner par ces cruelles mains, encore dégouttantes du sang des miens. Dans mon désespoir j'aurais voulu que la terre m'engloutît. Je regrettais de n'avoir pas péri avec ma famille, et je suppliais la sainte Vierge de m'envoyer la mort. Elle a eu pitié de moi. Les Iroquois, qui se plaisent à torturer même les petits enfants, ne m'ont fait aucun mal ; et les Français de Ville-Marie m'ont rachetée.

« Je suis à l'hôpital. Tout le monde me traite avec une bonté extrême ; et, je ne sais comment, malgré ma tristesse, je ne me sens plus mortellement désolée : je ne sens plus ce poids qui m'oppressait. Je vais vivre, et bien que j'aie tout perdu, je ne m'inquiète pas de ce que je deviendrai ; j'aime le milieu où la Providence m'a jetée.

« Nous sommes toujours en péril. Ce poste, sans cesse attaqué, ne se soutient que par une sorte de miracle. Ce serait à mourir de frayeur, sans la foi des colons qui semblent voir les mains protectrices de la Vierge étendues sur eux. Ah, que vous les admireriez ! C'est une colonie d'apôtres, de héros, qui semble une seule famille. Rien ne ferme à clef dans les maisons. Entre eux tout est commun. Ils vivent comme les fidèles de la primitive Église vivaient, en attendant l'heure du martyre.

« Mlle Mance me parle souvent de vous. C'est une chose ravissante de la voir auprès des malades. Il me semble qu'elle est comme serait une âme bien heureuse qui viendrait habiter un corps mortel ; et quand je lui demande comment elle peut être toujours sereine, elle me répond :

« Pourquoi serais-je triste, quand chaque pas me rapproche du ciel ?

« Chère et vénérée mère, je sais bien que vous n'oubliez pas mes parents, je sais bien que votre prière me suit partout. Mais daignez me l'écrire. Si vous saviez quelles cruelles inquiétudes me torturent souvent. »

Cette lettre combla de joie la mère de l'Incarnation. Elle y répondit longuement, affectueusement. « Je vois avec bonheur, disait-elle, en terminant, que vous ne vous inquiétez pas de l'avenir, bien que vous ayez tout perdu, comme nous disons dans le langage de la terre. Cultivez cette généreuse disposition. Fiez-vous à Dieu, il saura vous donner ce qu'il vous faut. On l'oblige quand on se jette avec confiance dans ses bras. Faut-il vous dire de vous dévouer au soin des blessés ? C'est l'œuvre que Dieu met sur votre chemin. Puisqu'il l'y met, c'est qu'il veut qu'elle soit vôtre.

« Ces merveilleuses fleurs de courage, de générosité que vous avez sous les yeux, et qui vous charment et vous éblouissent, ont toutes une même tige, l'amour de Dieu. Vous avez le bonheur de vivre parmi des saints. Rien n'est plus fortifiant, plus salutaire : car rien n'apprend mieux à connaître Dieu. Si nous connaissions Dieu comme les anges, disait saint François d'Assise, nous l'aimerions comme eux. »

Ce qu'Élisabeth disait de son état d'âme avait fait songer la grande religieuse et lui semblait étrange, car elle avait deviné la sensibilité profonde de l'enfant.

Pourtant, Mlle Moyen avait été sincère ; malgré les cruels souvenirs, malgré les angoisses de chaque jour, elle ne se trouvait pas malheureuse. Dans ses beaux yeux d'enfant grave, il y avait bien encore souvent une déchirante expression, mais un flot extraordinaire de cet âge de jeunesse avait emporté le poids qui l'étouffait.

À une sorte d'anéantissement avait succédé une vie ardente, une douceur à la fois délicieuse et poignante.

Elle n'avait plus guère souci de sa sûreté personnelle. Si le sinistre tocsin, les coups de feu, les hurlements féroces la faisaient passer par une sorte d'agonie, c'est qu'une autre vie, sans cesse exposée, lui était devenue infiniment plus chère que la sienne.

Ces alarmes et ce qu'elle entendait chaque jour raconter fortifiaient et exaltaient le sentiment que le héros de Ville-Marie lui avait inspiré. Elle en ignorait le nom : elle n'y voyait que de la reconnaissance, de l'admiration... Lambert Closse lui apparaissait tellement au-dessus d'elle que la pensée la plus lointaine d'en être aimée un jour ne pouvait lui venir. Mais lorsqu'elle entendait prononcer son nom, le soleil lui semblait verser une plus belle lumière.

Ah ! l'automne pouvait assombrir le ciel, dépouiller la forêt et emporter les feuilles avec de longs gémissements, que lui importait ? Elle avait en elle ce qui peut tout colorer, tout adoucir, tout enchanter.

Élisabeth s'étonnait parfois de se sentir si vivante, si vibrante.

Elle ne pouvait s'expliquer tout à fait ce changement ; et Mlle Mance, qu'elle avait interrogée là-dessus, après l'avoir un peu regardée, lui avait répondu par ce mot d'un grand saint :

« Il suffit d'un rayon de lumière pour dissiper bien des ténèbres. »

Mlle Mance jugeait sagement quelques distractions absolument nécessaires à cette fillette de quinze ans ; et lorsqu'elle pouvait la faire accompagner par quelqu'un sur qui elle pût compter, elle l'envoyait se promener à la Pointe. Pour l'enfant séquestrée ces promenades étaient une grande joie. Bien volontiers, elle serait restée des heures entières sur la grève, à aller et venir, à regarder les algues, les herbes, les branches que la vague lui apportait... « C'est que je suis une pauvre petite épave, » disait-elle, pour expliquer ce goût ; et, en elle-même, elle ajoutait... « Une branche brisée, jetée ici par le flot, qui y prendrait à l'instant racine et sentirait la sève courir dans toutes ses fibres, serait ma fidèle image. »

Cela la faisait rêver ; mais elle finissait par se dire naïvement : « La Vierge Marie a fait pour moi un miracle. »

Cette pensée de la Vierge animait tout, éclairait tout à Ville-Marie. L'héroïsme opiniâtre se fondait dans son culte. L'image de Marie était brodée sur le drapeau ; elle brillait sur le mur de chaque maison, comme une étoile ; et, grâce à elle, une sorte de paix planait au-dessus de toutes les angoisses.

Les massacres, les incendies, toutes les horreurs sans nom commises par les Iroquois chassaient bien loin toute sécurité. On vivait en plein cannibalisme à Ville-Marie ; mais jamais population ne fut plus pénétrée de l'idée céleste. Quand la nuit descendait sur le précaire établissement, les têtes glorieuses et les têtes obscures se courbaient devant l'image de l'invisible Protectrice ; et comme tous ignoraient s'ils reverraient la lumière, tous récitaient les litanies des agonisants.

Temps de ferveur et de périls étranges, où chacun, tremblant pour ceux qu'il aimait le plus, répétait chaque soir :

« Je vous recommande à Dieu tout-puissant afin qu'après avoir payé par votre mort la dette commune de la nature humaine, vous retourniez à votre Créateur… Que Jésus-Christ, crucifié pour vous, vous délivre de vos souffrances, qu'il vous délivre de l'éternelle mort, lui qui, pour vous, a daigné mourir »…

À l'hôpital, c'était ordinairement Mlle Mance qui récitait la recommandation de l'âme. La sublime prière la laissait baignée de fraîcheur et de sérénité, disait-elle ; mais Élisabeth ne pouvait l'entendre sans une solennelle et pénible émotion. Une fois dans sa petite chambre, à genoux à côté de son lit, elle prolongeait sa prière. Avec des instances extrêmes, elle suppliait la Vierge de garder celui qui s'exposait sans cesse pour le salut de tous ; et ce n'était qu'après l'avoir mille et mille fois remis entre les mains tendres et puissantes de Marie, qu'elle parvenait à s'endormir.

VI

Quelques semaines s'étaient écoulées. Déjà les bois jaunis s'éclaircissaient chaque jour. Les colons semblaient tranquilles, pleins d'espérance ; mais dans le cœur des plus confiants, il y avait bien des angoisses cachées.

Ville-Marie avait été une inspiration de la foi… elle avait été fondée par des catholiques ardents, passionnés. Malgré les frais presque infinis que l'œuvre entraînait, ni le roi, ni le clergé, ni le peuple n'avaient été appelés à y contribuer ; et pas un des associés de Notre-Dame de Montréal n'avait retiré du Canada une seule obole.

Jamais le désintéressement n'a été porté plus loin ; mais il fallait réchauffer cet admirable zèle, et M. de Maisonneuve s'était résolu à passer en France.

Il avait nommé Lambert Closse commandant de Ville-Marie en son absence. Tous ses préparatifs de départ étaient faits ; et la Notre-Dame, qui devait le conduire à Québec, mouillée dans la rade, n'attendait plus qu'un bon vent pour partir. Elle avait même levé l'ancre ce jour-là ; mais le vent était tombé entièrement, et M. de Maisonneuve était descendu dans le canot de Lambert Closse qui s'était rendu à bord. Ennuyé d'attendre, il s'en revenait avec lui coucher à terre.

Le jour allait finir.

La température un peu fraîche était pourtant délicieuse ; les deux hommes, au lieu de tirer droit au fort, se laissaient bercer par le flot. Ils subissaient le charme de cette belle heure du soir ; mais leurs mousquets chargés reposaient au fond du canot et le regard vigilant du major interrogeait souvent le rivage.

Son front était débarrassé de la bandelette de toile ; une ligne rouge qui courait de la tempe gauche jusqu'au-dessus de l'œil indiquait seule qu'il avait failli être scalpé, et sa physionomie exprimait la même sereine énergie.

Contre son habitude, M. de Maisonneuve était triste.

Certes, il avait confiance en son lieutenant, et les sanglants fondements de Ville-Marie rayonnaient à ses yeux de clartés célestes. Cependant, à la veille de partir, des craintes vagues, terribles, et mille poignantes sollicitudes s'éveillaient en lui. Il sentait, au moment de s'éloigner, toute la force des liens qui l'attachaient à Montréal ; et, lui qui n'outrait pas ce qu'il ressentait, qui ne cherchait jamais à attendrir sur ce qu'il souffrait, dit tout à coup à Lambert Closse :

« Quand je pense que je vais partir, il semble que j'aie comme un coup de couteau au cœur.

– Allons donc ! s'écria le major, soyez joyeux, vous allez revoir la France.

Et pensif, jouant dans l'eau avec ses rames, il fredonna ce vieux chant d'un troubadour :

Quan la doussa aura venta,
Deves nostre païs
M'es veiaire que senta
Odor de Paradis

Sa voix vibrante avait pris une douceur mélancolique ; on y sentait les tristesses persistantes de l'exil. – Mais la pensée de revoir sa patrie ne suffisait pas à tromper la souffrance de Maisonneuve. Lambert Closse qui l'observait le comprit.

Ardentes espérances, douloureux mécomptes, soucis dévorants, son chef avait tout partagé avec lui ; et, voulant l'arracher à la tristesse du départ, il lui demanda tout à coup :

« Vous souvenez-vous de notre arrivée à Montréal ?

Ah oui ! le fondateur de Ville-Marie se rappelait l'arrivée radieuse. Malgré les luttes terribles, les longues angoisses, malgré ces prières des agonisants récitées chaque soir depuis des années à Ville-Marie, il n'avait pas oublié cette heure unique, cette heure sacrée et, dans le songe intérieur, en un instant rapide comme l'éclair, il revit tout : la blancheur du matin... le lever de l'aurore... la forêt estompée de brume... les transports de ses hommes... Il entendait leurs cris de joie et les premiers et doux chants d'oiseaux... Il revoyait le vert autel improvisé, et sur l'autel les beaux muguets aux mignonnes clochettes...

Un reflet de cette heure d'allégresse brillait sur son front. Au plus profond de son cœur, il retrouvait quelque chose de sa divine émotion durant cette messe célébrée dans la fraîcheur et la mélodie du matin ; et, lâchant sa rame, sa main chercha la main du major et l'étreignit avec force.

– C'était une belle journée, dit-il.

– Oui, il me semblait que Ville-Marie allait se bâtir comme par enchantement... En ces premiers temps, comme on dormait bien...

– Mon cher ami, dit douloureusement Maisonneuve, je vous mets sur les épaules un lourd fardeau et vous allez dormir encore moins... Les propositions de paix m'inquiètent plus qu'elles ne me rassurent... La situation est bien précaire.

Insensiblement, ils se rapprochaient du rivage. Le bruit des eaux rapides de la rivière Saint-Pierre, quelques mugissements, quelques tintements de clochettes dans les herbages de la grève troublaient seuls le silence. Ruisselante encore d'éclatants feuillages, l'île de Montréal se détachait dans la gloire du couchant ; et, sur la Pointe-à-Callières, au bord des eaux brillantes, le berceau de Ville-Marie, voilé de brume lumineuse, semblait osciller aux brises du ciel.

Maisonneuve sentit ses yeux se mouiller. Sa colonie, c'était le sang de son cœur ; le sentiment de son impuissance à la défendre lui revenait en ce moment plus amer, plus humiliant, plus cuisant. Mais tout à coup son noble visage s'éclaira ; et tendant la main vers les habitations, il dit au major, comme si un écho lointain lui eût apporté les paroles inspirées de M. Olier :

– Regardez : c'est la cité chrétienne, œuvre d'une merveilleuse importance… fleurie des espérances célestes… c'est la cité chère à la Vierge… le séjour délicieux des anges…

– Je le crois, répondit le major. La sainte Vierge ne fera pas mentir son serviteur… Ah ! si nous étions plus nombreux !…

– La lutte entre la civilisation et la barbarie ne serait pas longue. C'est clair : mais qui sait si un succès éclatant ne ferait pas sombrer l'humilité, dit le saint fondateur. Eh ! mon ami, puisque nous sommes ici pour travailler à l'œuvre rédemptrice, il faut porter la croix.

– Oui, les soldats n'ont pas le droit de dire à leur général : Souffrez seul. Allons, vive la croix ! dit résolument le major, et après tout, ne sommes-nous pas heureux ? Notre vie n'est pas douce, c'est sûr. Mais il est consolant de pouvoir se dire… Sur cette pauvre terre aveugle, ingrate, oublieuse, misérable, il existe un endroit où Dieu est aimé.

– Oui, oui, nous sommes des privilégiés, répliqua Maisonneuve, profondément ému.

Le major engagea le canot dans le courant du rapide, et bientôt les deux hommes mirent pied à terre.

Tout au bord de l'eau, dans un modeste enclos, à travers les hautes herbes, ondulant à la brise légère, on apercevait des croix noires… C'était le premier cimetière de Montréal : et tous ceux qui y étaient couchés étaient morts sous les coups des Iroquois ou des suites de leurs blessures. « Donnez-leur, Seigneur, le repos éternel… que la lumière éternelle les éclaire, murmurèrent les deux Français, qui se découvrirent. Ils s'arrêtèrent près de l'enclos, et s'appuyant sur la crosse de son fusil, le major dit avec calme :

– Si je ne suis pas promené l'un de ces jours par les Cinq-Cantons, voilà où je dormirai mon dernier sommeil.

– En quel endroit seriez-vous mieux ? dit Maisonneuve prenant son bras et l'entraînant. Mais vous savez bien que vous avez une armure enchantée… Vous ne nous quitterez pas de sitôt, et je m'étonne toujours que vous ne vouliez pas que je vous fasse bâtir une maison… C'est bien le moyen que nous vous devions.

– Une maison !… Que ferais-je d'une maison ? je m'y ennuierais tout seul.

– Mais pourquoi y resteriez-vous seul ? demanda Maisonneuve avec une instance affectueuse.

Un éclair de jeunesse brilla dans les beaux yeux du major.

Aux alentours le soleil riait dans les sillons dépouillés, les grillons chantaient sous le chaume flétri, et de chaque toit une colonne de fumée montait.

– Je ne puis voir la fumée de ces toits, dit Maisonneuve, sans penser qu'elle monte vers Dieu, comme un encens très pur.

– Ah ! je le crois, dit le major qui regardait charmé ; mais je suis venu ici pour combattre et pour mourir... Exposerais-je aussi facilement ma vie, si j'avais une famille ?... Merci donc, mon ami... Je veux passer sur terre, sans laisser de traces... Quand je m'en irai, je veux disparaître tout entier... oublié de tous... excepté d'Elle, ajouta-t-il, tendant la main vers l'image de la Vierge flottant dans les plis du drapeau.

Deux grands dogues qui accouraient bondissants, fous de joie, empêchèrent Maisonneuve de répondre.

Il avait écouté le major avec une attention émue, mais sans étonnement.

Lui aussi aurait voulu s'effacer... disparaître... comme les architectes de ces vieilles cathédrales, dont la terre admire les œuvres et ignore les noms.

VII

Il y avait déjà des mois que M. de Maisonneuve avait quitté la Nouvelle-France. À Ville-Marie, c'était encore l'hiver dans toute sa majesté, et les gémissements du vent arrivaient profonds et tristes dans la nuit hâtive.

Oh, l'isolement des colons dans cette sauvage et infinie solitude ! Durant les longs mois d'hiver, comme ils se sentaient perdus entre ces glaces et ces bois d'où les Iroquois surgissaient comme de sanglants fantômes !

Au sein de la sécurité et des jouissances modernes, il est impossible de se faire une idée un peu exacte de la terrible vie des premiers colons de Montréal ; cependant Élisabeth n'en semblait pas souffrir. Son amour grandissait dans cette atmosphère de sanglante et céleste poésie ; et, comme une femme prend toujours les sentiments de celui qu'elle aime, elle s'intéressait fortement au beau et viril spectacle qu'elle avait sous les yeux.

« Dans les grandes œuvres il n'y a point de petits ouvriers, » lui disait parfois Mlle Mance.

Élisabeth voulait donc se rendre utile et s'ingéniait à seconder l'héroïne auprès des blessés.

Quelquefois, c'était elle qui leur portait leurs repas. Quand, les mains chargées, elle entrait dans la salle les fronts attristés s'éclairaient. Tous aimaient à recevoir leur portion de sa main.

Elle n'avait pas la gaieté de son âge. Singulièrement réservée, elle ne parlait que lorsqu'il le fallait ; mais son passage, dans la salle, n'en laissait pas moins aux malades, comme un rayon de printemps.

Le major venait souvent à l'hôpital causer avec les blessés ; quand il se rencontrait avec Élisabeth dans la salle, il la remerciait de ses soins, de son dévouement.

Ces quelques paroles jetaient la jeune fille dans l'extase. Les jours suivants, elle aurait voulu prendre sur elle toutes les fatigues et Mlle Mance avait fort à faire pour modérer son ardeur.

Une énorme cheminée occupait l'un des bouts de la salle des malades. Les forts chenêts étaient surmontés de petits réchauds ; et à droite, à gauche, sur des tablettes en pierre, il y avait des pointes de fer où l'on fichait les chandelles. Mlle Moyen venait de les allumer un soir, et, à genoux devant le feu, elle tranchait le bouillon des malades que le froid avait réduit en glace, quand le major entra suivi de son beau chien Vaillant.

Après quelques mots aux blessés, il s'approcha de la cheminée et salua Élisabeth.

– Me permettez-vous de me chauffer un peu, mademoiselle, demanda-t-il ? Il fait un grand froid.

La jeune fille eut un éblouissement, tout son cœur se précipita ; mais se levant sans rien dire, elle avança un siège.

Elle attisa ensuite le feu qui lança des fusées d'étincelles ; puis elle reprit sa position sur le foyer et, les yeux baissés, se remit à préparer le bouillon.

La clarté rougeâtre se jouant autour d'elle, mettait en vif relief la grâce de sa personne et lui donnait un charme étrange.

Le héros la considéra quelques instants avec attention et son cœur s'ouvrit à une pitié tendre.

« Votre vie ici est horriblement triste ! ne le trouvez-vous pas ? demanda-t-il à voix basse.

– Oh ! non, répondit-elle avec élan, relevant la tête.

Dans ses beaux yeux noirs et sur toute sa physionomie, il y avait, en ce moment, ce rayonnement que projette l'extrême bonheur, et Lambert Closse resta troublé et pensif.

Il jeta un coup d'œil dans la salle longue, étroite où les grands lits des malades se détachaient dans le clair obscur et se sentit en face d'une énigme.

Son regard habitué à scruter les choses et les hommes semblait vouloir pénétrer jusqu'au plus profond de l'âme de la touchante enfant, agenouillée près de lui sur la pierre du foyer.

« Et vous, commandant, demanda Mlle Moyen, s'enhardissant tout à coup, vous qui prenez sur vous tant de fatigues, tant de périls, ne trouvez-vous pas votre vie bien terrible ?

– Moi, mademoiselle, c'est bien différent : j'ai l'excitation du danger... puis j'ai choisi cette vie... et je n'ai plus seize ans, ajouta-t-il, riant. Quand on avance sur le chemin, la vie n'apparaît plus guère que comme un devoir et l'on marche facilement au sacrifice.

Mlle Moyen pencha la tête sans rien dire. Ses longs cheveux soigneusement nattés pendaient sur son dos, et l'une des lourdes tresses, glissant sur la jupe noire, roula sur le foyer.

Le major se pencha et avança la main ; mais comme si une crainte l'eût saisi, il ne releva pas ces beaux cheveux d'or qui traînaient dans la cendre ; et, prenant ses gants de loutre sur la tablette de pierre, il appela son chien et se leva pour partir.

– Que la Vierge vous garde ! dit Élisabeth avec ferveur.

Son regard, son accent, firent tressaillir le major.

– Qu'elle me garde surtout de toute lâcheté et qu'elle vous donne le bonheur, répondit-il, sans trop savoir ce qu'il disait.

Oui, c'était bien vrai que Lambert Closse ne voulait que s'immoler pour ses frères ; mais, ce soir-là, le vent glacial éveillait tout un orchestre lugubre dans la forêt dépouillée, et quand le héros se vit seul dans son appartement du fort, une lourde tristesse tomba sur son cœur.

Il ouvrit un livre, mais l'image d'Élisabeth était restée dans ses yeux. Elle est heureuse, se disait-il. Il songeait à sa jeunesse, à la vie qu'elle menait dans l'hôpital entouré de pieux... Il avait deviné sa sensibilité profonde, passionnée... il sentait en elle une âme amoureuse d'aimer, et son bonheur incompréhensible le faisait rêver.

Tout à coup, il s'aperçut de la pente où ses pensées glissaient et souriant de ses tendres préoccupations, se leva pour examiner ses armes.

Un grand feu brûlait dans la cheminée ; mais ce foyer solitaire lui semblait triste, odieux. Malgré lui, il songeait à la douce chaleur des foyers où l'on s'aime.

Un léger coup à la porte de sa chambre le tira de sa rêverie, et tournant la tête, il aperçut la gracieuse silhouette de Claude de Brigeac.

– Je vous dérange peut-être, dit le jeune homme, mais ne m'en voulez pas... je m'ennuie.

– Je ne suis pas très sûr de m'amuser non plus, répondit le major, l'invitant du geste à s'asseoir et prenant place à côté de lui. Mais peut-être aurons-nous bientôt quelque alerte qui nous fouettera le sang.

– Pas cette nuit, commandant, le froid est trop intense.

– Ne sauriez-vous attendre un peu ? dit le major, riant.

– Les soirées sont longues en hiver... et je les trouve tristes... Vous, commandant, vous ne connaissez pas ces dépressions, ces souffrances que l'isolement engendre.

Le major sourit ; sa main nerveuse et fine caressa les oreilles de son chien, qui dormait devant le feu – la tête allongée sur ses pieds légers.

Dans la salle commune, quelques hommes chantaient s'accompagnant de la guitare :

Vierge sainte, exaucez-nous,
Notre espoir est tout en vous ;
Chère Dame de la Garde,
Très digne Mère de Dieu,
Soyez notre sauvegarde, etc.

Mais malgré ces chants, Lambert Closse entendait toujours une voix basse et douce qui disait : Que la Vierge vous garde !

VIII

On chantait beaucoup à Ville-Marie. Pour adoucir le poids des heures vagues et traînantes, M. de Maisonneuve s'était efforcé de développer ce goût. Au fort, les hymnes à la Vierge charmaient souvent les longues veillées d'hiver, et aux offices divins, cet important accessoire du culte n'était jamais négligé.

Il y avait une chapelle au fort ; mais la chapelle de l'hôpital servait d'église paroissiale, et les simples chants des colons-soldats remuaient toujours profondément Élisabeth. L'amour et l'enthousiasme se fondaient en son cœur avec la ferveur religieuse ; cependant le sentiment qui avait tout à coup rempli sa vie ne suffisait plus à lui donner le bonheur, et, quand elle était seule, des larmes brûlantes mouillaient souvent son visage.

Le major continuait de se dépenser à l'œuvre de Ville-Marie avec la même générosité et, en apparence, avec la même allégresse. Il venait moins souvent à l'hôpital ; et un observateur attentif aurait peut-être trouvé qu'il évitait Mlle Moyen, mais cette pensée ne pouvait venir à Élisabeth.

Pour elle, Lambert Closse était un être à part, surhumain… possédé tout entier par une passion héroïque, et touché de la seule gloire de Dieu. Cependant l'histoire de l'amour est l'histoire du genre humain ; et aux jours des persécutions, dans les prisons horribles où les chrétiens attendaient le jour du martyre, l'amour a parfois troublé le cœur de ceux qui venaient de confesser le Christ.

Pris de l'austère passion qui veut le sacrifice entier – Lambert Closse résistait à son inclination pour Élisabeth ; mais Claude de Brigeac s'y laissait entraîner. Aux pieds de cette enfant si cruellement frappée, il aurait voulu jeter le monde et les étoiles. Plusieurs fois, il avait sollicité l'honneur de protéger la jeune fille durant ses promenades. La seule idée de veiller sur elle pendant qu'elle jouissait de l'air, du soleil, de la liberté le plongeait dans le ravissement. Dans les songes ailés de sa pure jeunesse, que de coups n'avait-il pas donnés et reçus pour elle… quels drames terribles et charmants il composait… Mlle Mance ne lui accordait pas la faveur qu'il implorait ; mais, de temps en temps, il apercevait Élisabeth, ses cheveux blonds débordant, suivant la saison, de son bonnet de fourrure ou de son chapeau de paille.

À Ville-Marie, c'était toujours la même vie. L'audace des Iroquois n'était pas abattue. Loin de là, ils poursuivaient et tuaient jusqu'aux portes de Québec les Hurons fugitifs qui avaient demandé protection aux Français. Dans une descente, ils firent prisonniers quatre-vingt de ces malheureux et défilèrent en plein jour sous les canons du fort Saint-Louis, et le gouverneur n'osa rien tenter pour secourir les alliés.

Cependant, ces sauvages, les plus féroces et les plus intrépides des hommes, semblèrent tout à coup las de la guerre. Ils demandèrent des missionnaires et la paix. Ils proposèrent même au gouverneur général de former un établissement français dans leur pays.

M. de Lauzon y consentit : et au mois de juillet 1656, cinquante-cinq hommes commandés par le major Dupuis partirent de Québec. « Les habitants de Québec, répandus sur le rivage, dit Garneau, virent avec tristesse s'éloigner leurs compatriotes qu'ils considéraient comme des victimes livrées à la perfidie des sauvages. »

Cette suspension d'armes rendit la vie plus triste encore à Ville-Marie, car les Iroquois y débarquaient en toute occasion ; et pour ne pas attirer sur les Français établis à Gannentaha d'horribles représailles, les colons étaient obligés de supporter leurs insolences. Personne n'en souffrait plus que Lambert Closse.

– Je m'assure que ces démons trament quelque chose d'infernal, disait-il parfois à Claude de Brigeac. Ah ! pourquoi M. de Lauzon s'est-il laissé ainsi berner ?

Cependant le temps s'écoulait ; le printemps était arrivé et Maisonneuve devait être en route pour Montréal.

Cette seule pensée soulageait le major : et, par un beau jour d'avril, il s'en allait, calme et serein, exercer les hommes au tir, quand il fut arrêté par la sœur Bourgeois qui revenait de l'hôpital.

– Commandant, lui demanda-t-elle, vous souvenez-vous de cet Iroquois mortellement blessé que vous avez fait porter à l'hôpital, il y a déjà longtemps ?

– Il vit encore ?

– Ce serait un grand soulagement s'il était mort : car maintenant les Iroquois demandent souvent à le voir et, à l'hôpital, on n'ose pas les éconduire.

Il sembla au major qu'on lui serrait la gorge – qu'on lui étreignait le cœur – et avec un vague geste de détresse, il répondit :

– Que voulez-vous, sœur Marguerite ? je n'y puis rien… nous sommes forcés d'accueillir ces serpents.

– Je ne voulais pas m'en plaindre, répondit Marguerite Bourgeois. D'ailleurs, il est mourant, et voici pourquoi je vous en parle… Il est suffisamment instruit et serait disposé à se faire baptiser ; mais ce qu'il a entendu dire de la loi du pardon lui fait mépriser le christianisme. Vous savez comme la passion de la vengeance est terrible dans ces cœurs sauvages. Il dit que l'homme qui ne se venge pas est un lâche… que les robes noires et les femmes n'y entendent rien – que là-dessus il ne pourrait croire qu'un guerrier et qu'il faudrait savoir ce qu'en pense le Diable blanc.

– Et vous voulez que j'aille le lui dire ? demanda le major souriant.

– J'ose vous en prier, commandant, répondit la sœur Bourgeois, dont le pâle visage s'était éclairé d'une joie vive.

– Eh bien ! quoique je n'espère rien de mes paroles, j'irai, ou plutôt, j'y vais, dit Lambert Closse.

Et saluant, il traversa la Place d'Armes, et fut bientôt à l'hôpital où il demanda d'abord à voir Mlle Mance qui souffrait des suites d'une chute.

Élisabeth était auprès d'elle. Lorsqu'elle vit entrer le major, sa candide physionomie trahit son émotion, et son trouble n'échappa point au héros qui arriva vite au but de sa visite.

Élisabeth se leva aussitôt sans rien dire, pour le conduire auprès de l'Iroquois. Si précaire qu'elle fût, la paix avait vidé les salles, les rideaux à carreaux bleus et blancs tombaient à plis raides autour des lits.

– Vous n'avez plus que ce sauvage de bien malade ? demanda le major.

— Oui, et vous allez le trouver entouré d'alênes, de ciseaux, de couteaux, d'aiguilles, de sonnettes, etc., répondit Mlle Moyen. Ses parents qui sont venus le voir lui ont apporté ces bagatelles dont ils attendent sa guérison.

— C'est l'une des superstitions indiennes, fit Lambert Closse, qui tâchait de réagir contre le charme de la présence de la jeune fille.

— Ils ont tant recommandé qu'on laissât ces objets sous ses yeux, que l'on n'a pas osé les ôter, poursuivit Élisabeth.

— Le malade est trop faible pour qu'il y ait quelque chose à appréhender ? demanda le major, qui avait froncé le sourcil.

— Il est mourant, comme vous allez voir, répondit Mlle Moyen, ouvrant la porte d'une petite chambre.

L'Iroquois, enveloppé de couvertures, était assis dans un grand fauteuil de bois. Il ne semblait plus qu'un squelette ; mais quand il aperçut le major, un éclair de joie brilla dans ses yeux agrandis par la souffrance.

— Mon frère est bien mal, je le vois avec regret, dit Lambert Closse, s'asseyant près de lui.

— Cœur-de-Roc sera bientôt dans le pays des âmes ; mais, avant de fermer ses yeux à la lumière du jour, il est heureux de les attacher sur le grand guerrier blanc, répondit le sauvage d'une voix éteinte.

— Il paraît que mon frère veut causer avec moi. Qu'il parle, mes oreilles sont ouvertes, dit le major.

— Avant de parler, les hommes sages songent à ce qu'ils vont dire… Fumons d'abord le calumet de paix, dit le moribond, dont la main décharnée et tremblante cherchait parmi les objets déposés sur une table, près de lui… Il y prit un calumet finement sculpté, le chargea… l'alluma et le présenta solennellement au Français.

Lambert Closse se leva pour le recevoir. Comme il allait, sans défiance, reprendre son siège, le mourant, galvanisé par la haine, bondit tout à coup et son bras armé d'un couteau s'abattit sur le major qui lui tournait le dos : jamais le héros n'avait été plus en péril. Mais agitée d'une inquiétude qu'elle trouvait folle, Élisabeth avait suivi les mouvements du sauvage. Prompte comme la pensée, elle s'élança, et détourna le coup.

L'Iroquois lui jeta un regard de rage ; le couteau s'échappa de sa main, une bave hideuse monta à ses lèvres ; un frisson convulsif agita tout son corps, puis les nerfs, tendus par un effort surhumain, se débandèrent comme les cordes d'un arc ; les yeux fixes, embrasés roulèrent dans leurs orbites, et il tomba lourdement sur le plancher.

Élisabeth et le major se regardaient sans rien dire, dans un profond saisissement. Une joie intense, une joie divine rayonnait dans les yeux de la jeune fille. Elle s'était blessée en saisissant l'arme, mais elle ne s'en apercevait pas… malgré le large filet de sang qui découlait de sa main, elle ne défaillait pas… et, lui, le fort, l'héroïque tremblait.

La faible main qui s'était levée pour le défendre l'avait asservi… l'amour l'enflammait jusqu'au transport. Mais la vue du sang arrêta sur ses lèvres les paroles délicieuses et brûlantes. Il bondit aux pieds d'Élisabeth, saisit sa main, s'efforçant de comprimer l'épanchement du sang et sa voix éplorée retentit à travers l'hôpital.

IX

Quand Étienne Bouchard, docteur de l'hôpital, arriva auprès de Mlle Moyen, il la trouva si rayonnante qu'il ne put réprimer un geste de surprise.

Pendant que le chirurgien passait et repassait l'aiguille d'argent dans les bords de la blessure, la flamme radieuse ne s'éteignit point dans le regard de la jeune fille, pas une plainte ne s'échappa de ses lèvres ; et sur cette pauvre terre qui emporte les humains à travers l'espace, il n'y avait peut-être pas, ce jour-là, de bonheur comparable au bonheur d'Élisabeth.

Profondément aimante, elle était à l'âge de la sensibilité extrême, des espérances infinies ; et celui qu'elle aimait sans le savoir, celui qui portait au front l'auréole, elle venait de le sauver de la mort... Lui, le fort, l'intrépide, elle l'avait vu à ses pieds, tout frémissant d'inquiétude et de tendresse.

Il lui semblait qu'elle avait en elle de quoi éterniser le ravissement de cette heure.

Tous les bruits se taisaient ; elle entendait toujours sa voix si émue, si pénétrante.

Oh, comme elle aimait sa blessure ! comme elle aimait sa souffrance !

Le pansement terminé, Lambert Closse avait quitté l'hôpital. Malgré toute sa force d'âme, il ne pouvait cacher son trouble et son bonheur.

Le sang d'Élisabeth avait rougi ses mains ; et ce sang versé pour lui lui mettait de la neige et du feu dans les veines.

Ce soir-là, inconscient du danger, il resta longtemps à marcher sur la grève.

L'amour avait triomphé des partis pris surnaturels, héroïques. Il se sentait enivré et confus. Un charme inconnu l'enlevait à l'âpre réalité, aux obligations austères ; sa jeunesse était revenue ardente, entière. Comme au printemps, tout chantait, tout s'illuminait ; et, par delà le présent sur cette terre douce et sacrée de Ville-Marie, il apercevait, comme en un rêve, son foyer où Élisabeth l'attendait, inquiète, passionnément aimante.

Le lendemain, de bonne heure, il se présenta chez Mlle Mance.

— Je vais bien vous étonner, lui dit-il.

— Moi ! qu'y a-t-il donc ? demanda l'héroïne, cherchant à lire sur son visage. Est-ce une mauvaise nouvelle ?

— Vous en jugerez, répondit le major qui se sentit rougir.

Il avait l'air calme : mais sous ce calme apparent, on sentait une agitation profonde ; et, l'instinct féminin aidant, cette rougeur sur sa joue mâle mit Mlle Mance sur la voie.

— Il s'agit d'Élisabeth ? de sa belle conduite d'hier ? demanda-t-elle en souriant.

— Ah ! bonne amie, merci, de me faciliter ce que j'ai à vous dire. Le fait est que j'ai présumé de mes forces… que me voilà fou de cette enfant… j'en meurs de honte… mais je n'y puis rien.

— Tant mieux ! répondit Mlle Mance ravie du tour que prenait l'entretien… Il faut une protection à Élisabeth : et, sans flatterie, la vôtre n'est pas à dédaigner… Mais comment cela vous a-t-il pris ?… C'est son courage qui vous a touché ?

— Le sais-je ? s'écria le major ; qui dira comment et pourquoi l'amour entre dans le cœur ? Mais il y fait bien des bouleversements… Ah ! comme on sait peu ce qui nous attend ! Dieu le sait, je ne suis venu ici que pour faire mon métier de soldat… Je voulais m'immoler à cette belle œuvre de Ville-Marie… et voilà qu'il me faut un foyer… du bonheur… Je suis bien humilié, et pourtant je me sens si heureux, ajouta-t-il, avec une confusion charmante. Voyons, voulez-vous transmettre à Mlle Moyen ma demande ?

– De tout mon cœur, répondit Mlle Mance, qui avait deviné depuis longtemps l'amour d'Élisabeth.

– Mais il faudra lui dire que jamais je ne quitterai Montréal. Je ne le pourrais sans me mépriser moi-même… Et je n'ai d'autre bien qu'un fief en bois debout… En m'acceptant pour mari, c'est donc une vie de privations, d'alarmes et de périls que Mlle Moyen acceptera… Cette paix n'est qu'un leurre. Pour avoir la paix, il faudrait aller attaquer les Iroquois dans leur pays, et malheureusement c'est impossible. Québec même n'a qu'une garnison insuffisante.

Malgré les tristes prévisions du major, Mlle Mance jubilait. Ce mariage lui semblait un coup de la Providence, l'une de ces unions privilégiées écrites au ciel ; et c'est le cœur débordant de joie qu'elle passa dans la chambre d'Élisabeth. Plus pâle qu'à l'ordinaire, et enveloppée d'un long peignoir, la jeune fille était assise à la fenêtre ouverte, dans une attitude pensive et touchante.

Mlle Mance examina d'abord sa main blessée qu'elle portait en écharpe, puis l'enveloppant avec précaution, elle lui dit d'un air radieux :

– Voilà une blessure qui va avoir de graves conséquences.

– De graves conséquences ? répéta Élisabeth avec un effarouchement candide.

– Vous sentez-vous assez remise pour vous occuper de choses sérieuses ? demanda Mlle Mance, s'asseyant près d'elle.

Et comme la jeune fille la regardait avec des yeux pleins de trouble, elle poursuivit :

– Vous savez que de grandes faveurs suivent souvent les grandes épreuves. Vous savez que Dieu veille sur les orphelins.

– Je le remercie tous les jours de m'avoir conduite près de vous, répondit Mlle Moyen.

– Mais je ne puis pas vous tenir lieu de famille. Il vous faut une autre protection, le bon Dieu le sait bien : aussi il a incliné vers vous l'un des cœurs les plus nobles, les plus généreux qu'il ait jamais faits.

Et, caressant les beaux cheveux de la jeune fille qu'elle voyait fort agitée, elle continua.

– Votre absence me laissera un vide cruel – un vide que personne ne remplira jamais, – mais pourtant c'est avec bonheur que je vous remettrai entre les mains de Lambert Closse.

– Lui ! s'écria Élisabeth, se levant toute droite. Il m'aimerait…

Ses yeux s'étaient illuminés et couvraient de clarté tout son visage. Mais cette flamme radieuse s'éteignit et elle dit humblement :

– Non, cela ne se peut pas… S'il me demande en mariage, c'est parce qu'il croit que je lui ai sauvé la vie…

– Vous éclaircirez ce point-là avec votre futur, mon enfant, répondit gaiement Mlle Mance.

Restée seule, Élisabeth se jeta à genoux et remercia Dieu de toutes les forces de son âme.

Se peut-il qu'il m'aime ? se demandait-elle, n'osant croire à tant de bonheur et repassant tout ce qu'elle connaissait de ce si beau et si grand caractère.

Quand le major vint chercher sa réponse, elle le remercia avec une humilité fière et touchante de ce qu'elle appelait sa générosité.

— Ma générosité !... mais je vous aime, s'écria Lambert Closse. Et tendrement, gravement, il lui raconta comment il avait lutté contre son cœur... parce qu'il voulait se dévouer tout entier à l'œuvre de Ville-Marie.

Élisabeth l'écoutait comme dans un rêve ; il lui semblait que son cœur s'ouvrait à une mer de délices ; sans qu'elle s'en aperçut, les larmes ruisselaient sur son visage, et lorsque le major se tut et se pencha, attendant sa réponse :

— Ah ! dit-elle, naïvement, souriant à travers ses pleurs, que je suis heureuse que vous n'ayez pas tous les héroïsmes !

La sœur Bourgeois fut seule à remarquer la tristesse de Claude de Brigeac et l'altération de ses traits. Elle s'en préoccupait avec la bonté des saints ; et, un jour, elle se hasarda à dire au jeune homme qui fuyait toute conversation :

— Est-ce le mal du pays qui vous travaille ? Regrettez-vous d'être venu au Canada, M. de Brigeac... ou seriez-vous malade ?

— Non, sœur Marguerite, je ne suis point malade, répondit Claude de Brigeac ; mais j'ai oublié que ce n'est pas le bonheur que je suis venu chercher à Montréal... et j'expie.

X

La vie du major était infiniment précieuse à Maisonneuve et à ses colons. La blessure reçue par lui avait donc fort accru l'intérêt qu'Élisabeth inspirait. Elle le sentait ; et, parfois, il lui semblait que l'amour du héros lui faisait une auréole.

Le mariage était fixé au mois d'août. À peine arrivé, Maisonneuve avait fait faire une trouée dans le fief en bois debout, seule fortune du major.

Dans la clairière, des ouvriers lui bâtissaient une maison. Cette maison, grande, massive, s'élevait où est aujourd'hui l'hôpital anglais.

Lambert Closse la vit grandir avec plaisir ; mais personne ne pouvant le remplacer auprès de la petite garnison, il devait continuer de demeurer au fort après son mariage.

Les tragiques événements qui l'avaient rendue orpheline revenaient encore fréquemment à la pensée d'Élisabeth ; et, en son âme passionnément tendre, ces funèbres souvenirs tempéraient l'excès du bonheur. Durant ces jours délicieux des fiançailles, que de fois elle se reporta à son arrivée à Ville-Marie. Cette heure divine où l'amour était entré inconnu dans son cœur, il lui semblait qu'elle allait durer toujours. Si terriblement qu'elle eût souffert, elle était trop jeune encore pour ressentir l'angoisse du bonheur. Aucune crainte ne venait l'agiter ; elle croyait naïvement à la paix conclue, et son fiancé se gardait bien de porter la moindre atteinte à ses illusions.

Il souffrait beaucoup de ne pouvoir lui faire une vie douce. Un jour qu'il lui exprimait ce regret, elle le regarda de ses yeux profonds, et lui dit :

« Que m'importe la sécurité et les petites aises… Pour être avec vous, j'irais vivre au pays des Iroquois ; oui, je consentirais à les entendre hurler sans cesse. »

– En êtes-vous bien sûre ? lui demanda le major souriant.

Mais il sentait qu'elle n'exagérait guère, et son extrême amour le ravissait. Lui qui n'était venu à Montréal que pour y mourir, s'y trouvait maintenant passionnément heureux. Quand il voyait le doux visage de sa fiancée s'illuminer à son approche, il ne sentait plus la terre sous ses pieds : et à la pensée qu'il faudrait quitter cette adorable enfant pour courir au feu, une angoisse inconnue lui traversait le cœur comme une lame. Cela l'inquiétait.

« Je m'amollis, disait-il parfois à la jeune fille ; ne l'oubliez pas, il faut qu'au besoin je trouve en votre cœur une réserve d'inspirations généreuses. »

Ces humbles paroles qu'elle sentait dites sérieusement touchaient Élisabeth ; mais la pensée d'être pour l'athlète une force, un appui, la faisait toujours rire.

Si l'amour est le bien suprême, jamais fiancée plus riche que Mlle Moyen ne marcha à l'autel.

C'est avec une confiance sans bornes, pleine de délices qu'elle mit sa main dans la main de Lambert Closse et reçut la bénédiction du prêtre. Sa candide physionomie reflétait à ce moment tant de calme, un bonheur si parfait que le héros en frémit ; et Élisabeth sentit trembler sa main pendant qu'il lui passait au doigt l'anneau nuptial.

Aucune douleur ne devait lui faire oublier le ravissement de ce jour ; mais son bonheur fut bientôt traversé d'alarmes, car d'horribles meurtres commis par les Iroquois reçus à Ville-Marie prouvèrent quel fonds on pouvait faire sur la parole de ces barbares.

Le gouverneur-général, révolté de ces perfidies, ordonna de retenir prisonniers tous ceux qui se présenteraient aux habitations.

Que l'atroce guerre fût sur le point de se rallumer, cela devenait évident : et cette seule pensée glaçait le sang dans les veines d'Élisabeth.

– Pourquoi tant vous alarmer ? lui disait le major. J'aime tant à vous voir heureuse : et le bon Dieu n'a pas, que je sache, abdiqué sa souveraineté.

À Ville-Marie, chacun parlait de tout ce qu'il y avait à redouter ; mais on ne reprenait pas facilement les premières habitudes de prudence. Pour y ramener les colons, M. de Maisonneuve dut user d'autorité ; et, un dimanche, à l'issue de la grande messe, maître Bénigne Basset lut l'ordonnance suivante, qui fut ensuite affichée, selon l'usage, sur un poteau près de l'église :

« Paul de Maisonneuve, gouverneur de l'île de Montréal et des terres qui en dépendent :

« Quoiqu'on ait toutes sortes de motifs de se tenir sur ses gardes, dans ce lieu de Ville-Marie, pour éviter les surprises des Iroquois, surtout depuis le massacre qu'ils ont fait des Hurons entre les bras des Français contre la foi publique, et le meurtre de quelques-uns des principaux de ce lieu, le 25 octobre dernier, néanmoins par une négligence universelle, les choses en sont venues à ce point que les ennemis pourraient s'emparer avec beaucoup de facilité de cette habitation, s'il n'y était pourvu par quelque règlement. En conséquence, nous ordonnons ce qui suit :

« 1o Chacun tiendra ses armes en état et marchera ordinairement armé, tant pour sa sûreté personnelle que pour donner secours à ceux qui pourraient en avoir besoin ;

« 2o Nous ordonnons à tous ceux qui n'auraient point d'armes d'en acheter et de s'en fournir suffisamment, ainsi que des munitions, et nous défendons d'en vendre ou d'en traiter aux sauvages alliés, qu'au préalable, chacun des colons n'en retienne ce qui sera nécessaire pour sa défense ;

« 3o Pour que tous fassent leur travail en sûreté, autant qu'il est possible, les travailleurs se joindront plusieurs de compagnie et ne travailleront que dans les lieux d'où ils puissent se retirer facilement en cas de nécessité ;

« 4o De plus, chacun regagnera le lieu de sa demeure tous les soirs, lorsque la cloche du fort sonnera la retraite et fermera ensuite sa porte. Défense d'aller et de venir la nuit, après la retraite, si ce n'est pour quelque nécessité absolue qu'on ne peut remettre au lendemain ;

« 5o Personne, sans notre permission, n'ira plus loin à la chasse que dans l'étendue des terres défrichées, ni à la pêche sur le fleuve, plus loin que le grand courant ;

« 6o Le présent règlement commencera d'être exécuté selon sa forme et teneur, cinq jours après sa publication. Le tout, à peine, envers les contrevenants, de telles punitions que nous jugerons à propos.

Fait au Fort de Ville-Marie, le dix-huitième jour de mars 1658.

XI

Quelques jours après, à l'approche de la nuit, on vit entrer dans le port huit canots et un chaland grossièrement construit.

C'étaient les Français établis au pays des Agniers qui arrivaient à demi-gelés, épuisés de fatigue.

En exploitant habilement les superstitions indiennes, et grâce à une épaisse couche de neige qui avait dérobé leurs traces, ils avaient échappé à l'affreuse mort qu'on leur préparait.

La joie fut aussi vive que l'excitation à Ville-Marie. Chacun voulait voir les fugitifs. Quand ils furent un peu remis de leur terrible voyage, ils reprirent la route de Québec. Mais le major Dupuis, qui commandait l'expédition, fut blâmé pour avoir quitté son poste sans ordre.

Blessé de ces reproches, Dupuis vint se fixer à Montréal. Comme il était très entendu au métier des armes, Lambert Closse se décida à lui abandonner la direction de la petite garnison. Il voulait se mettre sérieusement à défricher : des entrailles de la terre, il voulait arracher pour son Élisabeth, le pain, les fleurs, les fruits.

La jeune femme ressentit une grande joie de sa décision. Elle aurait son mari plus à elle, leur intimité ne serait pas sans cesse troublée. Sans doute, ils allaient se trouver bien isolés, plus exposés. Mais se sentir passionnément aimée d'un homme héroïque donne bien du courage à une femme ; et c'est le cœur joyeux qu'Élisabeth quitta le fort pour s'établir presque en plein bois avec son mari.

La clairière avec ses souches était laide à voir. Dans la grande maison ajourée de rares fenêtres, à peine meublée, rien ne charmait le regard. Mais la plus puissante des baguettes magiques, c'est l'amour qui l'a, et Élisabeth trouva son rude foyer le plus doux du monde.

Les redoutes adossées à la maison, les meurtrières pratiquées le long des murs ne suffisaient pas à lui donner la sensation de l'insécurité. La sombre maison où elle allait vivre avec son mari lui semblait faite de rayons ; c'est avec ravissement qu'elle se mit à s'installer. Pigeon et Flamand, les deux domestiques du major, étaient tout zèle, tout empressement pour leur jeune maîtresse ; mais le major se plaisait à l'aider. Il la suivait du regard pendant qu'elle allait et venait, défaisait ses paquets. Sa jeunesse, son bonheur, sa confiance, les dangers qui l'environnaient, éveillaient en son cœur un sentiment poignant et tendre.

Voyant que les domestiques s'étaient retirés, il l'attira à lui, et posant sa main sur sa tête blonde, lui dit :

« Je voudrais avoir la toute-puissance.

– Pourquoi, demanda-t-elle, riant, pour anéantir les Iroquois ?

– Non, répondit-il, avec une gravité émue : je voudrais la toute-puissance pour vous garder de toute souffrance, pour vous voir toujours rayonnante.

XII

Il devait la voir souvent brisée d'angoisse et toute couverte de larmes. Et lui, que le danger laissait personnellement si indifférent, ne put plus quitter sa maison sans être tourmenté par l'inquiétude.

Cette vie d'alarmes avait pourtant pour eux des côtés délicieux, car elle gardait étrangement vif le sentiment de l'amour, ce qui les faisait se retrouver avec des transports de bonheur.

Le major s'était mis à défricher avec toute l'énergie de sa nature. Pour sa jeune femme, c'était une amère souffrance de le voir se livrer avec tant d'ardeur à un travail si rude, et parfois elle mouillait de ses larmes ses mains endolories, ensanglantées.

« Mais ce n'est pas tout de se battre contre les sauvages, lui disait-il alors, il faut attaquer la forêt. Défricher, labourer, semer, c'est la noblesse de la main de l'homme. C'est presque aussi beau que de porter le drapeau.

Et pour lui faire apprécier le dur labeur, il lui racontait l'histoire d'un moine du VIe siècle, resté célèbre dans sa province.

« C'était, disait-il, un grand seigneur désabusé de bien des choses ; il résolut un jour de gagner le ciel et se présenta au monastère de Saint-Thierry, près de Reims. On le reçut : et à peine admis, il demanda d'être employé au travail le plus rude… On lui donna une charrue, des bœufs, et les terres du couvent à labourer… Il se mit à l'œuvre : et ni le vent, ni la chaleur, ni le froid, ni la pluie, ni la neige, ne lui firent jamais interrompre son travail… Il ne s'arrêtait que pour faire reposer ses bœufs… Malgré ses dures journées, il était toujours l'un des premiers rendus à l'office de nuit.

« Pendant vingt-deux ans, il fit tous les labours de printemps et d'automne. Les paysans du voisinage, quoique fort endurcis au travail, s'étonnaient de voir ce moine infatigable toujours à l'ouvrage… Quand il mourut, on prit sa charrue et on la porta à l'église où on la suspendit comme une relique… » J'incline à croire, ajoutait le major, que les plus illustres guerriers avaient moins de vrai courage, moins de volonté que cet homme-là.

– J'espère que vous n'avez pas résolu de l'imiter, répondait plaintivement sa femme.

– Non, disait-il allègrement. Avant tout, je suis soldat.

XIII

En demandant des missionnaires, en proposant aux Français de s'établir dans leur pays, les Iroquois n'avaient eu d'autre but que d'affaiblir la colonie déjà si faible, afin d'en consommer plus sûrement la ruine.

Quand ils reconnurent que ceux qu'ils tenaient s'étaient joués d'eux, leur fureur s'exhala d'abord en frénétiques transports de rage ; puis, ils envoyèrent des colliers aux cinq tribus pour les inviter à venger l'insulte.

L'appel fut entendu… l'anéantissement de la colonie décrété. Pas un Français ne devait rester pour porter en France la nouvelle du désastre.

Les moyens d'en finir avec cette race exécrée furent longuement et sagement discutés aux conseils des anciens ; et au printemps (1660), on apprit à Québec que huit cents guerriers étaient réunis à la Roche-Fendue (près de Montréal), que quatre cents autres allaient bientôt les y rejoindre, et qu'alors, ces barbares fondraient d'abord sur Québec, puis sur Trois-Rivières et Ville-Marie.

L'approche de ces ennemis – qui poussaient la cruauté jusqu'à faire rôtir les enfants à la broche – jeta partout l'épouvante.

Les habitations disséminées aux environs de Québec et les maisons de la basse ville furent aussitôt abandonnées. Hommes, femmes, enfants, se réfugièrent soit au fort, soit à l'évêché, ou aux Ursulines et chez les Jésuites.

Mgr de Laval fit enlever le saint Sacrement de l'église paroissiale ; les maisons de la haute ville furent barricadées, les fenêtres transformées en meurtrières. On éleva des redoutes, on établit des patrouilles ; et, avec une activité fiévreuse, chacun se prépara à une défense désespérée.

À Québec, plusieurs fois, croyant apercevoir les premiers canots de la flotte iroquoise, l'on sonna l'alarme.

Le gouverneur-général avait immédiatement dépêché un courrier à Trois-Rivières et à Montréal.

Habitués aux incursions des Iroquois, les colons de Ville-Marie conservèrent plus de calme, mais ne négligèrent aucune précaution.

M. de Maisonneuve s'attendant à être assiégé dans le fort, y fit creuser un puits. M. de Queylus en fit creuser un autre à l'hôpital ; et Mlle Mance fit construire une grange en pierre pour mettre les provisions plus à l'abri du feu.

Le major Closse travaillait nuit et jour à fortifier sa demeure. Chacun s'ingéniait à en faire autant ; mais il y avait bien peu de maisons en état de soutenir un siège à Ville-Marie : et la population, femmes et enfants compris, ne s'élevait encore qu'à trois cent soixante-douze âmes.

La situation était affreuse ; et Maisonneuve, sous des dehors calmes et sereins, cachait de torturantes inquiétudes. Il ne s'en ouvrait qu'à Lambert Closse.

– Quelle horrible attente ! lui dit-il un soir.

– N'est-ce pas une providence que nous ayons été avertis ? répondit le major.

– Mais Québec va être mis à feu et à sang... la garnison est bien trop insuffisante pour tenir longtemps. D'ailleurs, vous connaissez l'infernale patience des Iroquois... Humainement parlant, c'en est fait de la Nouvelle-France... je le sais... je le vois... et pourtant j'espère toujours que la Vierge va nous secourir.

Le major l'espérait aussi, mais personne ne voyait d'où le secours pouvait venir.

XIV

Un soir d'avril, le gouverneur se promenait seul dans sa chambre.

Louis Frin, son fidèle valet, s'était retiré, après avoir tout préparé pour la nuit : et, trop inquiet pour reposer et même pour rester immobile, Maisonneuve allait et venait, s'arrêtant de temps à autre devant les fenêtres à petits carreaux couverts de buée.

Une pluie glaciale tombait. Autour du fort l'eau clapotait dans les larges fossés. Tout respirait le froid, l'isolement, l'abandon : et, le cœur navré, le fondateur de Montréal examinait humblement s'il avait mérité de voir périr entre ses mains l'œuvre qu'on lui avait confiée – à laquelle il avait tout immolé.

On frappa discrètement à la porte, et il tressaillit en voyant entrer le commandant du fort.

– Qu'y a-t-il, monsieur Daulac ? demanda le gouverneur appréhendant les pires nouvelles.

– Rien, monsieur, j'aurais seulement à vous parler, si vous voulez bien m'entendre, malgré l'heure avancée – répondit le commandant qui n'avait guère que vingt ans et dont la voix était fort douce.

Son air animé, joyeux, surprit Maisonneuve. À son dernier voyage, il avait emmené cet officier de France et estimait fort son courage.

Il lui indiqua un siège devant le feu qui s'éteignait et s'assit, sans rien dire, près de lui. Après quelques instants de silence :

– Monsieur, dit le jeune homme qui regardait les braises, je crois avoir un moyen de sauver la colonie et je viens vous le soumettre.

– Un moyen... parlez, oh ! parlez vite, s'écria Maisonneuve dont les yeux brillèrent.

– C'est d'aller à la rencontre des Iroquois, au lieu de rester à les attendre – et Dieu aidant – de nous battre de façon à les épouvanter... Anatoha et

Metiwimey nous conduiront à un défilé où il leur faut passer.

Et avec le plus grand calme, Daulac se mit à détailler son plan.

Maisonneuve l'écoutait frémissant, se demandant si cette généreuse folie n'était pas une inspiration sublime, s'il n'avait pas devant lui l'un de ces hommes dont l'audace opère des prodiges.

— Pour vivre, il faut parfois savoir dire : Mourons ! poursuivit tranquillement le jeune homme. La France ne nous laissera pas toujours sans secours… ce qu'il faut, c'est gagner du temps.

Maisonneuve le regardait toujours avec une attention profonde, avec une émotion contenue, mais croissante. — Et si vous êtes pris vivant ? demanda-t-il.

— À la grâce de Dieu ! fit le Français, levant les mains.

— Trouverez-vous des compagnons ?

— J'en ai trouvé seize ; et c'est assez, dit Daulac, de sa voix douce. Ils n'attendent que votre consentement pour partir avec moi…

Et lentement, les yeux rayonnants d'enthousiasme, il se mit à les nommer : Jacques Brassier, Jean Tavernier, Nicolas Tillemont, Laurent Hébert, Alonié de Lestres, Nicolas Josselin, Robert Jurée, Jacques Boisseau, Louis Martin, Christophe Augier, Étienne Robin, Jean Valets, René Doussin, Mathurin Soulard, Blaise Tuillé, Nicolas Duval.

Un seul parmi eux avait trente ans. Comme Daulac, les autres étaient fort jeunes. M. de Maisonneuve les avait vus grandir ; c'étaient les fils de ses colons : et à mesure que Daulac les nommait, il sentait son cœur s'attendrir.

– Oh, les braves enfants ! murmura-t-il.

– Laissez-nous faire, monsieur, laissez-nous faire, plaida le jeune commandant.

– Oui, j'approuve votre dessein : c'est la sainte Vierge qui vous l'a inspiré, dit Maisonneuve.

Et serrant Daulac dans ses bras, il pleura.

XV

Le jour suivant (18 avril 1660), maître Bénigne Basset, seul notaire de Montréal, fit le testament de ceux qui allaient partir.

L'héroïque tentative était jugée bien impossible par le plus grand nombre ; mais, à ces rudes foyers de Ville-Marie, la sève généreuse coulait puissante, et personne ne chercha à arrêter ceux qui voulaient se sacrifier pour le salut de tous.

Les mères elles-mêmes se turent sous les étreintes de la douleur. Refoulant leurs larmes, elles préparèrent en hâte les humbles provisions : et le lendemain, au lever du jour, elles accompagnèrent leurs fils à la messe.

Le saint sacrifice commença au milieu du plus profond silence.

Tous les colons étaient là. Penchés sur leurs bancs, plusieurs cachaient leurs visages dans leurs mains calleuses. À Dieu seul, ils voulaient montrer leurs larmes. Mais quand ceux qui allaient partir s'avancèrent vers la table sainte, tous les fronts se relevèrent, tous les regards les suivirent.

Le prêtre, tenant le pain de l'éternelle vie, descendit les degrés de l'autel, et s'approcha de la balustrade où les partants étaient agenouillés. Alors la voix de Daulac s'éleva douce, assurée. Avec un accent qui fit frémir les plus fermes cœurs, le jeune commandant jura de combattre jusqu'à la mort – de ne jamais demander de quartier. Il jura par les souffrances du Christ, par son sang répandu jusqu'à la dernière goutte : et, à l'exception d'un seul qui se sentit faiblir et se retira, les seize autres firent le même serment. Puis, ils reçurent la sainte communion que le prêtre leur donna avec les paroles usitées pour les mourants.

Une heure après, les jeunes colons quittaient Montréal. Oh ! le déchirement de ces adieux, la douleur des parents qui avaient élevé ces enfants avec tant de peines et d'alarmes.

Le cœur saignant, ils regagnèrent leurs humbles foyers. Là, comme il tomba le courage des pauvres mères !... Ces héros, qui venaient de se vouer à la mort, étaient redevenus pour chacune d'elles, l'enfant faible, tendre, charmant : et, plus cruellement que ne l'aurait pu faire le couteau des Iroquois, la douleur leur déchirait les entrailles.

XVI

Élisabeth avait assisté à la messe à côté de son mari ; et, malgré son émotion profonde, elle l'avait souvent observé avec une attention inquiète, angoissée.

Elle comprenait que ce sublime dévouement devait exercer sur lui une séduction irrésistible : que toutes les brûlantes énergies de son âme héroïque s'étaient réveillées et – amère pensée – il lui semblait qu'il regrettait sa liberté.

En un sens, elle ne se trompait pas.

Lambert Closse enviait ceux qui couraient à l'ennemi. Même il avait instamment supplié Daulac de lui donner le temps de faire ses semences, s'engageant à en entraîner d'autres. Soit qu'il n'osât risquer le moindre retard, soit qu'il ne voulût pas perdre le commandement ou qu'il eût pitié d'Élisabeth dont l'extrême amour se trahissait à tous les regards, Daulac avait obstinément refusé d'attendre.

Des larmes avaient mouillé les yeux du major pendant que les jeunes gens prononçaient le redoutable serment. Il se rappelait qu'il n'était venu à Ville-Marie que pour se dévouer, que pour mourir, et souffrait de s'être pris au bonheur.

Comme les autres colons, il assista au départ. Longtemps son regard perçant suivit les canots ; puis il quitta la plage déserte, et, muet et sombre, prit avec sa femme le chemin de sa maison.

Son silence et sa tristesse oppressaient Élisabeth et l'intimidaient. Elle tenait à son amour plus qu'à sa vie : et la crainte qu'il l'aimât moins était pour elle la plus terrible, la plus insupportable des craintes.

Passé l'hôpital, le chemin qui conduisait à leur maison n'était plus qu'un large sentier ouvert en pleine forêt, et à l'entrée du bois, le major tendit la main à sa femme.

Elle la prit sans rien dire ; et, comme pour lui rappeler sa faiblesse, le besoin qu'elle avait de sa protection, elle appuya la tête contre son épaule. Il ne parut pas s'en apercevoir : et une grande envie de pleurer monta au cœur de la jeune femme.

Elle avait frayeur de ces grands bois : elle frissonnait quand elle voyait quelque sauvage en sortir, marchant sans bruit comme les chats. Et pourtant, elle aimait ce sentier solitaire que les aiguilles desséchées des sapins couvraient par places. Tant de fois elle y avait passé avec son mari alors tendre, épris, follement heureux. Si graves que fussent les circonstances, de chers et délicieux souvenirs lui revenaient. La terre qu'ils avaient foulée, où parfois le héros avait déposé ses armes pour la serrer contre son cœur, gardait pour elle quelque chose du charme de ces heures. Alors, songeait-elle, il m'appelait sa vie, son âme, sa lumière… et, maintenant, il voudrait aller mourir loin de moi. – Ah ! moi, pour lui épargner une souffrance, je laisserais crouler le monde entier.

XVII

Se trouvant trop isolé, Lambert Closse avait cédé la moitié de son fief à un colon, M. de Sailly, sous la condition qu'il s'établirait proche de lui. Le lendemain de ce mémorable 19 avril, comme il revenait du champ, après sa dure journée, le major fut rejoint par son voisin qui montait du fort et lui dit tout essoufflé :

– Nos jeunes gens sont revenus… ils ont rencontré une bande d'Iroquois tout près d'ici et, dans le combat, trois des nôtres ont péri.

– Lesquels ? demanda le major.

– Nicolas Duval, Mathurin Soulard et Blaise Tuillé… Daulac a ramené les corps pour leur faire donner la sépulture… Aussitôt le service fini, il repartira.

– Après le souper, j'irai vous prendre et nous descendrons à la Pointe, dit Lambert Closse.

Il continua sa route : et l'excitation de son chien, qui voulait s'élancer à sa rencontre, apprit à Élisabeth son approche.

Elle fit jouer les barres de fer placées en travers de la porte, l'ouvrit, et s'appuyant contre le chambranle, elle attendit avec cette joie intense qu'elle éprouvait toujours au moment de le revoir. En l'apercevant à la porte de sa maison où le feu brillait, en songeant à son amour qui ne connaissait ni langueur, ni déclin, que de fois le major s'était trouvé privilégié, trop heureux !

Son bonheur lui était devenu une sorte de remords. Cependant, quand il vit Élisabeth lui sourire, son front assombri s'illumina et d'un bond il fut devant elle.

Mais comme une plainte, comme un gémissement, les tintements de la cloche de l'hôpital arrivèrent par-dessus les grands arbres.

– Ce n'est pas le tocsin, dit le major à sa femme, qui avait pâli. Soulard, Duval et Tuillé sont déjà morts, c'est le glas.

Il suspendit son mousquet au mur, prit la main de sa femme qui le regardait tristement, et s'agenouilla pour réciter la prière des morts.

Il resta sombre et silencieux, pendant qu'Élisabeth prenait la vaisselle d'étain sur le dressoir, trempait la soupe et disposait tout. Elle mettait à toutes choses beaucoup de grâce ; et, d'ordinaire, il la suivait amoureusement des yeux pendant qu'elle vaquait à ces humbles soins. Mais, ce soir-là, elle ne rencontra pas une seule fois son regard… Pendant le souper, il lui répéta ce que M. de Sailly lui avait appris, ajoutant qu'il allait descendre à la Pointe. Les yeux d'Élisabeth s'embrumèrent, ses lèvres s'agitèrent comme celles d'un enfant qui va pleurer.

– Nous serons de retour avant la nuit : Pigeon et Flamand resteront avec vous.

– Je vous en prie, emmenez-moi, dit-elle, l'implorant du regard.

Dans sa soumission jeune, aimante, il y avait un grand charme, et le front du major s'éclaircit.

– Vous n'appréhendez pas de revenir à l'entrée de la nuit ? demanda-t-il.

– Je n'appréhende rien quand je suis avec vous, affirma-t-elle, fixant sur les siens ses yeux graves et tendres.

– Folle enfant ! murmura-t-il, plus touché qu'il ne le voulait paraître. Il réfléchit que le danger était partout, et ajouta : Eh bien ! préparez-vous : et, se levant, il chargea soigneusement ses pistolets.

XVIII

Ville-Marie ne formait qu'une famille, et à chacune des trois maisons mortuaires, les visiteurs trouvèrent des groupes émus. Comme presque toutes les autres d'ailleurs à Ville-Marie, ces maisons se composaient d'une seule pièce. Mais sauf quelques soupirs, quelques sanglots étouffés, on n'entendait autour des morts que des prières.

Sur une table, à côté du corps, une branche de buis trempait dans l'eau bénite et des chandelles de suif brûlaient.

Rien de plus. Ceux qui venaient de donner un si grand exemple s'étaient formés dans la pauvreté étroite et âpre.

À cette belle heure du soir, au bord des eaux luisantes et bondissantes, on achevait de creuser la fosse profonde où les trois cercueils allaient descendre : et appuyés contre la clôture du cimetière, deux hommes d'apparence juvénile causaient. L'un était Daulac, l'autre Nicolas Tillemont, celui qui avait reculé la veille, au moment de prononcer le serment.

Depuis, il avait pleuré : et son visage, qui rayonnait en ce moment, gardait encore la trace de ces larmes amères.

– Je serais mort de honte, disait-il, tout frémissant. Mais, Dieu merci !

vous êtes revenus et je peux réparer ma faiblesse.

Le jeune et héroïque chef le regardait souriant, ému.

– C'est l'amour de la vie qui m'a tout à coup saisi hier, poursuivit Tillemont avec un reste de confusion.

Et maintenant qu'il venait de se vouer à la mort, regardant la fosse béante, il se trouvait heureux d'avoir tout sacrifié, même le repos suprême dans la terre consacrée.

Quand Daulac rentra au fort, il dit à Maisonneuve :

– Monsieur, nous partirons demain au complet. Les vides sont remplis : Jean Le Comte, Simon Grenet, François Crusson et Nicolas Tillemont ont fait le serment.

– Nicolas Tillemont ? répéta Maisonneuve surpris.

– Oui, c'est l'amour de la vie qui s'est tout à coup réveillé hier, mais il n'a pas tardé à regretter sa reculade. Il dit qu'il ne savait où se cacher… que c'est Dieu qui nous a ramenés.

– Pauvre enfant ! murmura Maisonneuve, c'est à peine s'il a vingt ans.

Et se rappelant le charme des illusions premières, il se tut et soupira.

Debout à la fenêtre, Daulac regardait les bois, les eaux, le grand ciel pur qui s'étendait, et songeait à cet autre monde invisible, inconnu, où ses compagnons venaient d'entrer – dont lui-même était si près.

Mais tout à coup au haut du coteau, il aperçut le major et Élisabeth qui s'en retournaient, et son regard et sa pensée les suivirent.

Au bout du sentier solitaire, verdissant, il revit leur maison, cette maison à peine meublée où rien ne semblait manquer.

– Moi aussi, se disait-il, j'aurais pu être aimé… moi aussi j'aurais pu avoir un foyer… Des visions douces et charmantes flottaient dans sa pensée : mais tout à coup il frissonna comme sous l'étreinte d'une ombre glacée sortie de la tombe.

– Le soleil, le printemps, l'amour, tout cela n'était plus à lui. Il allait mourir… et de quelle mort !

Lentement il ferma la fenêtre : puis rejoignant Maisonneuve qui le regardait avec tristesse, il dit résolument : Vive la Nouvelle-France !

XIX

Il y avait déjà plusieurs jours que Daulac et ses compagnons avaient quitté Montréal. Le ciel était resté constamment gris et morne, et les brouillards qui montaient du fleuve flottaient çà et là comme des voiles funèbres.

L'anxiété la plus vive pesait toujours sur la Nouvelle-France. Jamais la vie n'y avait été plus angoissée ; cependant ce n'était pas l'imminence et l'horreur du danger qui faisaient le plus grand tourment d'Élisabeth.

Si elle s'était sentie aimée comme autrefois, il lui semblait qu'elle eût échappé sans peine à cette terreur profonde qu'on respirait partout ; mais l'âme de Lambert Closse était avec ceux qui s'en allaient mourir pour la patrie ; et, parfois, il restait des heures entières, sans paraître s'apercevoir de la présence de sa femme.

Voilà ce qui la faisait pleurer si amèrement, quand elle était à l'abri de tout regard.

Oh, la tristesse de ses pensées ! et comme elle appelait la mort, si le cœur de son mari s'était vraiment refroidi… si la bonté devait remplacer cette noble et passionnée tendresse qui répandait un bonheur si grand sur sa vie de périls et de misères.

La pensée d'un reproche ne lui venait même pas. Elle comprenait qu'en ces jours d'angoisse patriotique, toute plainte personnelle paraîtrait misérable à cet homme souverainement généreux. Elle savait que le sentiment qui le dominait était auguste. Jamais elle ne l'avait tant admiré, tant aimé. Malgré la souffrance secrète, malgré les inquiétudes et les alarmes, jamais elle n'avait été plus attentive à ses plus légers besoins.

Ce soir-là, la pluie qui s'amassait depuis des jours avait commencé de tomber.

Leur voisin, M. de Sailly, s'était retiré de bonne heure, et Élisabeth veillait seule avec son mari.

Après la prière récitée avec les domestiques, il s'était mis à marcher de long en large dans la chambre.

La mèche, qui brûlait dans la lampe de fer, en forme de gondole suspendue au plafond, ne donnait qu'une bien faible lumière, mais la clarté du foyer éclairait parfaitement la pièce. L'aiguille à la main par contenance, Élisabeth suivait avec une attention passionnée tous les mouvements de son mari. Souvent, il s'arrêtait pour écouter la pluie qui tombait à torrents : et, après avoir longtemps marché, il vint s'asseoir près d'elle, à l'angle de la cheminée ; mais jamais il n'avait paru plus absorbé, moins disposé à causer.

Élisabeth pensait qu'à défaut de tendres paroles, elle aurait trouvé doux d'entendre sa voix.

Chaque instant ajoutait à l'acuité de son chagrin ; et, malgré tous ses efforts, elle ne put bientôt plus retenir ses larmes.

Penchée sur son ouvrage, elle les laissait couler sans les essuyer pour ne pas attirer l'attention de son mari ; mais il s'était aperçu qu'elle pleurait, et ces larmes discrètes, silencieuses le touchaient plus que n'aurait fait une véhémente explosion de douleur. Au fond de son cœur, il sentait comme un remords, et l'attirant à lui :

« Pauvre enfant, » dit-il, en essuyant ses pleurs. Ces jours sont terribles à traverser.

– Ce n'est pas cela, commença-t-elle, tâchant de se dominer ; mais sentant qu'elle perdait tout empire sur elle-même, elle se tut et cacha son visage entre ses mains.

– Ce n'est pas cela, répéta le major, surpris et troublé. Il appuya la main sur le front de sa femme, le pencha un peu en arrière et regarda son visage avec une expression touchante d'inquiétude et de tendresse.

Et tout ce qu'Élisabeth avait refoulé de douleur et de passion lui échappa.

– Ah, je voudrais mourir ! s'écria-t-elle. Que m'importe que les Iroquois me déchirent et me brûlent, si vous ne m'aimez pas. Oui, je voudrais mourir ; comment vivre avec cette pensée que je vous suis une charge… un fardeau… un embarras.

– Une charge… un embarras… répéta-t-il de sa voix incisive et mâle. N'écoute plus ces folles pensées. Ne les écoute plus, je te le défends, dit-il, la serrant dans ses bras. Aussi vrai que j'aime mon Dieu, je t'aime, je t'aimerai éternellement.

Un sourire divin illumina le visage d'Élisabeth, mais elle continua de pleurer.

– N'avez-vous pas assez à souffrir, poursuivit-il après un silence. Votre vie n'est-elle pas assez triste ? Faut-il vous tourmenter avec des chimères ?

Elle releva la tête, appuya les mains sur son épaule, et le regardant comme pour lire jusqu'au fond de son âme.

– Vous ne regrettez pas de n'être pas parti, demanda-t-elle ?

Le front du major s'obscurcit.

– Ah ! je souffre… dit-il, à voix basse avec une sombre énergie. Ces enfants qui se sacrifient – qui s'en vont à la mort sont toujours là devant mes yeux. Qui sait ce qu'ils endurent en ce moment… Et moi, je suis tranquille, à l'abri, heureux, si on pouvait l'être quand la patrie est en si grand danger.

XX

Pendant ce temps, Daulac et sa petite troupe souvent arrêtés par la rencontre des glaces gagnaient lentement, péniblement la rivière Ottawa.

Campés comme on sait au pied du Long-Sault, dans un mauvais fortin abandonné par les Algonquins, ils travaillaient à le réparer quand ils furent aperçus et investis par l'ennemi.

Fidèles à leur serment, tous combattirent jusqu'à la mort et avec tant d'ardeur que le siège de ce misérable fortin dura dix jours – coûta la vie à plus de quatre cent guerriers.

Une fois dans la place, les Iroquois comptèrent les morts : alors aux hurlements de triomphe succéda un grand silence.

Épouvantés que dix-sept Français eussent pu tenir si longtemps et leur tuer tant de monde, ils jugèrent leur dessein une folie ; et, comme Daulac l'avait espéré, reprirent le chemin de leur pays.

À Montréal, on l'apprit avec des sentiments inexprimables. Un solennel Te Deum suivit le service funèbre célébré dans cette chapelle de l'hôpital où l'on avait vu les jeunes héros, à genoux autour du cercueil de leurs frères d'armes, assistant pour ainsi dire à leurs propres funérailles.

Partout, dans la Nouvelle-France, on bénit ceux qui s'étaient sacrifiés pour la patrie.

Une juste fierté se mêlait à la douleur des parents, et leurs larmes auraient coulé douces ; mais, – horrible pensée, – l'un de ces généreux enfants, dont les blessures n'étaient pas mortelles, avait été soigneusement pansé par les Iroquois qui l'avaient emmené pour le torturer savamment et à loisir.

Si ces forcenés n'espéraient plus anéantir la Nouvelle-France, ils n'en poursuivirent pas moins la guerre ; et la France devait faire attendre trois ans encore les secours tant de fois sollicités.

À Ville-Marie, Lambert Closse se multipliait. Plus que jamais, il semblait possédé par une fièvre héroïque. Le souvenir de Daulac et des autres restait étrangement vif en son cœur.

– Ô la belle, la noble mort ! disait-il souvent avec enthousiasme ; jamais il ne s'est fait rien de plus beau – de plus français.

Malgré sa profonde tendresse pour sa femme, il enviait la mort de ces généreux martyrs, et la joie de sa paternité ne suffit pas à endormir ce regret qui se trahissait souvent :

– Pourtant, j'aime bien sentir autour de mon cou les bras de ma fillette, disait-il parfois à Élisabeth.

L'enfant était délicieuse ; quelque chose de l'amour inquiet, passionné de la jeune mère semblait avoir passé dans son petit cœur, et elle témoignait à son père une tendresse extraordinaire.

Cela ravissait Élisabeth. Malgré les difficultés et les misères de sa vie, elle se serait trouvée trop heureuse, sans les mortelles inquiétudes de tous les jours.

La sanglante mort de l'abbé Vignal et celle mille fois plus terrible de Claude de Brigeac ajoutèrent encore à ses angoisses. La tristesse fut grande parmi les colons à la fin de l'année 1661.

Cependant, malgré tout, l'esprit de sociabilité se conservait à Ville-Marie ; et, à l'occasion du nouvel an, on échangeait de petits présents avec les compliments et les vœux.

Le soir de ce premier janvier (1662) Lambert Closse examinait les cadeaux reçus, étalés sur la table.

Un volume de l'Écriture envoyé par les Sulpiciens attira son attention. Il le prit avec la pensée que les premiers mots qu'il allait lire lui diraient ce que la nouvelle année lui réservait ; et l'ouvrant au hasard, il tomba sur ces paroles de Job : « Voilà que je vais m'endormir dans la poussière du tombeau. »

Son regard resta fixé sur la ligne funèbre et une crainte étrange l'envahit tout entier. Lui, qui depuis tant d'années avait tant bravé la mort, sentait dans ses veines un frisson d'horreur à la pensée de l'adieu à la vie... du long sommeil sous la terre dévorante.

Sans rien dire, il mit le livre sur la table et s'approcha d'une fenêtre. Le givre s'était fondu sur les vitres : il aperçut le ciel profond, plein d'étoiles, et voulut élever ses pensées. Mais jamais la flamme de son foyer ne lui avait semblé si belle, si pure, si douce.

– À quoi pensez-vous ? lui demanda Élisabeth le rejoignant.

Elle avait jeté un léger bonnet sur sa tête blonde, et le regardait de ses yeux tendres et profonds, les mains appuyées sur son épaule.

Il sentit son cœur se serrer affreusement. Elle était si jeune, si frêle, si charmante ; elle l'aimait d'un amour si vif et si grand.

– Mon Dieu, ayez pitié, murmura-t-il.

Et maîtrisant son émotion, il la prit dans ses bras et lui dit avec calme :

– Écoutez-moi, mon aimée. Le commencement de l'année m'inspire des pensées sérieuses, et il y a des choses que je veux vous dire ce soir… Nous sommes ici pour la gloire de Dieu, vous le savez ; vous savez que pour cette cause-là, il est toujours doux et glorieux de mourir. Souvenez-vous en si je suis tué l'un de ces jours, et ne vous abandonnez pas à la douleur. Les morts ne sont pas des anéantis… Là-haut, je vous protégerai mieux que sur la terre. Si nous nous retrouvions avec tant de bonheur pour quelques heures dans notre pauvre maison, que sera donc le revoir dans le ciel !…

Le froid de l'acier glissant entre sa chair et ses os n'aurait pas été plus insupportable à Élisabeth que la pensée de la séparation. Cependant elle avait écouté dominée par ce souverain ascendant que son mari exerçait sur elle.

Et malgré l'horrible crainte qu'elles éveillèrent, malgré les larmes qu'elles firent couler, ses paroles lui laissèrent au plus profond du cœur comme une force, comme une douceur sacrée.

XXI

On était encore en plein hiver à Ville-Marie, mais la température était douce. Le soleil, ce jour-là, s'était levé magnifique : et la vive lumière matinale donnait un aspect radieux à la chambre où Élisabeth priait comme prient ceux qui croient, aux heures de mortelle angoisse.

Le lugubre tocsin avait retenti, et son mari l'avait quittée en hâte pour courir au combat avec ses deux serviteurs.

Elle l'avait suivi du regard à travers les arbres chargés de givre. Un instant, il s'était retourné pour lui envoyer un geste d'adieu ; et la pensée qu'elle ne le reverrait plus lui était venue si vive, si terrible qu'elle était tombée comme morte sur la neige.

En rouvrant les yeux, elle n'avait plus aperçu que la neige éclatante, et à travers les hurlements féroces et le bruit de la fusillade, elle avait entendu les cris de son enfant.

La petite s'était endormie. Sa mère l'avait couchée dans son berceau et s'était mise en prière. Elle aurait voulu s'y absorber, mais chaque coup de feu la secouait et elle sentait comme un couteau qu'on lui enfonçait dans le cœur.

Oh ! cette poignante souffrance de l'inquiétude à son comble, que de fois Élisabeth l'avait éprouvée !

Se rappelant tous les dangers auxquels son mari avait échappé, elle se reprochait de trop craindre, de ne pas assez espérer.

Comme elle conjurait Dieu d'avoir pitié – de pardonner à la faiblesse de sa foi… Elle aurait voulu élever jusqu'au ciel une tempête de supplications… Et lorsqu'elle essayait de se reprendre au bonheur, à l'espérance – de se figurer son mari rentrant cette fois encore sans blessures, il lui semblait qu'une main invisible lui remettait sous les yeux un tableau de Jésus portant sa croix, bien des fois regardé à l'hôpital pendant qu'elle veillait les blessés.

Elle revoyait la face résignée du Sauveur, et sur son épaule sacrée qui pliait, la lourde, l'horrible croix… C'était comme une apparition douloureuse, fugitive, mais apaisante, fortifiante.

Elle, pauvre et faible créature, pourrait-elle marcher toujours dans la voie douloureuse… ne plus le voir… ne plus l'entendre jamais… Était-ce pour la préparer qu'il lui avait dit le soir du jour de l'an… Si je suis tué… ses paroles lui revenaient avec une pénétrante saveur d'adieu.

Cependant les heures s'écoulaient. Il y avait longtemps que l'Angelus était sonné à l'hôpital. Combien de temps encore la laisserait-on sans nouvelles ? Ah ! qu'elle se sentait abandonnée…

Mais, dans l'émoi général, quelqu'un s'était souvenu d'elle : et une huronne enveloppée d'une couverture aux couleurs éclatantes accourait par le sentier. La neige soulevée par ses raquettes formait autour d'elle comme une blanche nuée et bientôt elle fut à la maison.

Élisabeth, dans son trouble, avait oublié de barricader la porte. L'indienne entra doucement et l'aperçut affaissée contre le plancher.

– Je t'apporte des nouvelles, dit-elle, sans prendre le temps de respirer.

La jeune femme qui ne l'avait pas entendue entrer bondit sur ses pieds.

Quelques jours auparavant, elle avait été marraine de cette huronne ; elle s'en savait aimée, et son air joyeux calma soudain l'horrible angoisse. Pourtant elle resta muette, la joie l'étouffait.

– C'est au Coteau du Moulin que tout s'est passé, continua la sauvagesse, dont les yeux brillaient de plaisir. Les Iroquois s'étaient emparés de la redoute, mais ton mari les en a chassés… Va, je suis contente, et tu dois l'être aussi, car ton mari est un grand guerrier.

Élisabeth l'écoutait défaillante de bonheur.

Elle saisit les mains de la sauvagesse, et d'une voix que l'émotion rendait méconnaissable :

– Anita, dit-elle, Anita, toi qui viens d'être baptisée, remercie Dieu pour moi.

– Ah ! Oui, je le remercie, dit la huronne, mais il faut te chauffer… Tu as l'air d'une fleur gelée.

Et comme il n'y avait plus que des cendres dans l'âtre, elle y mit du bois, battit le briquet, et bientôt un feu clair brilla et une douce chaleur se répandit.

– Anita, dit tout à coup Élisabeth, j'entends des coups de fusil. Es-tu bien sûre que les Iroquois soient en fuite ?

– Ils doivent être loin maintenant, répondit-elle avec un bon rire.

Élisabeth étendit des fourrures sur le banc lit placé le long du mur et s'y coucha. Elle se sentait épuisée et tremblait.

Anita alla prendre un manteau accroché à la muraille et l'en couvrit, puis elle s'assit par terre à ses pieds ; et, après l'avoir un peu regardée avec compassion, elle lui dit de sa voix musicale :

– Tu aurais donc bien de la peine si ton mari s'en allait au ciel.

Élisabeth ne répondant rien, elle poursuivit :

– Vois-tu, je ne comprends pas cela. Tu l'aimes, et il serait si bien en paradis.

– Je ne le verrais plus, murmura la jeune femme.

– Oui, mais lui verrait Dieu… Depuis que j'ai reçu le baptême, depuis que je suis l'enfant de Dieu, je sens toujours en moi comme un désir de mourir pour voir mon Père – et tout en travaillant, tout en marchant, je pense comme le ciel doit être beau.

– C'est que tu as encore toute l'énergie de la grâce de ton baptême, dit la jeune femme profondément touchée.

En elle-même, elle songeait à ce nom de lumière ou d'illumination que l'on donnait au baptême dans la primitive église.

Était-ce la bonne nouvelle ? l'effet calmant des paroles de l'innocente chrétienne ou un secours qui lui arrivait de l'au-delà invisible, impénétrable ?…

Il lui semblait qu'une main tendre et puissante arrachait de son cœur toutes les racines d'inquiétude et d'angoisse. Une paix céleste l'enveloppait, la pénétrait. Transportée de joie, elle prit sa fillette entre ses bras : et se rappelant comme le major se plaisait aux gazouillements de l'enfant, elle se mit en frais de lui apprendre à dire : « Vive mon brave papa. »

Avec quel plaisir elle prépara le souper, avec quel soin elle disposa tout pour que la maison parut agréable ; et quel charme l'amour donnait à tous ces détails.

Cependant la nuit était venue et Lambert Closse n'arrivait pas.

Pour l'apercevoir de plus loin, Élisabeth, oubliant la prudence, avait plusieurs fois dépassé l'enclos. Elle ne pouvait plus se tenir en place. Un frisson de crainte la glaçait parfois jusqu'aux moëlles.

Anita, dit-elle, toi qui entends les moindres bruits de si loin, va donc voir s'il vient.

La sauvagesse sortit ; la tête penchée, elle écouta longtemps, puis elle entra, disant : Il ne vient pas encore.

XXII

Il ne devait jamais revenir.

C'était bien vrai que le héros, à la tête d'une vingtaine de colons, avait repris le moulin, mis l'ennemi en fuite ; mais les Iroquois étaient revenus plusieurs fois à la charge et une balle avait atteint Lambert Closse en plein front.

Pendant que sa femme épiait son retour, il gisait sanglant, inanimé sur la grande table sinistre de l'hôpital. Penché sur lui, le docteur Bouchard lui lavait le visage, et son chien Vaillant lui léchait les mains en gémissant.

– C'est fini, c'est bien fini ; mais la mort a été instantanée... il n'a pas souffert, dit enfin le docteur à ceux qui remplissaient la salle et regardaient muets, consternés.

Averti que le major était gravement blessé, Maisonneuve accourait bouleversé, tremblant, mais espérant encore. Il aimait son héroïque compagnon de luttes et de misères... Il en était presque venu à le croire invulnérable ; et lorsqu'il l'aperçut le front sanglant, pour toujours immobile, silencieux, un profond sanglot déchira sa poitrine, et se jetant sur le corps déjà glacé, il l'étreignit et pleura comme un enfant. Ceux qui l'entouraient pleuraient aussi : et, comme pour consoler leur chef, ils répétaient :

– Il est mort pour Dieu et pour ses frères – c'était la fin qu'il souhaitait.

– Oui : et Dieu seul peut reconnaître ce que nous lui devons, dit Maisonneuve, commandant à sa douleur et relevant la tête. Vous le savez, c'est lui surtout qui a porté le poids de la lutte... Il a été le défenseur de Ville-Marie, et jamais homme n'eut plus de grandeur d'âme, de noblesse et de courage.

Pour cacher aux Iroquois la terrible perte, Maisonneuve décida que le corps serait exposé à l'hôpital, et que les funérailles se feraient de nuit. Pâle et tremblant, il prit le mousquet du héros, le chargea, et, tout brisé de douleur, se dirigea vers la maison de la pauvre jeune veuve, où le deuil allait entrer pour jamais.